NARRADORES CONTEMPORÁNEOS

JOAQUÍN MORTIZ • MÉXICO

J.M. SERVÍN

Cuartos para gente sola

Editorial Planeta Mexicana, S.A. de C.V.
Avenida Insurgentes Sur núm. 1898, piso 11
Colonia Florida, 01030 México, D.F.

Primera edición: febrero del 2004
ISBN: 968-27-0944-X

www.editorialplaneta.com.mx

Todavía me faltan algunos odios.
Tengo la certeza de que existen.

SEMMELWEIS

I

Yo, al teléfono. Marcando un número del que nunca obtengo respuesta. Yo, de regreso a mi cuarto por unas escaleras metálicas y herrumbrosas que hacen resonar mis pasos en el silencio de la noche como pequeñas bóvedas cerrándose detrás.

Alquilo un cuarto fuera del centro de la ciudad. Vivo ahí desde hace apenas unos cuantos meses. Está lejos de los sitios que suelo frecuentar, pero lo prefiero a los hoteluchos ruidosos y malolientes que todavía abundan en los barrios viejos. Me angustian cuando no estoy de humor para pasar por alto su humedad continua y el aire que parece revivir a los casi fiambres que deambulan por pasillos, cuartos y calles. Es como si la condensación de lo rancio y la naftalina los oxigenara. No me es difícil cambiar de hospedaje. Sólo tengo una pequeña caja de libros que robé a mi padre: novelas que me habían gustado porque hablaban de mundos diferentes al mío, un maletín con ropa y un televisor de bulbos medio destartalado que conseguí a buen precio con el administrador del último hotel donde residí. Le funcionan sólo dos canales, no necesito más de lo mismo.

Miraba una película sin atender a la trama. Divagando más bien, presto a captar cualquier ruido extraño que me evitara sostener una idea fija sobre mí mismo o acerca de lo que aparecía en pantalla. Era una historia con Glenn Ford, donde él hace de maestro de estudiantes pobretones con tendencias criminales. Era la cuarta vez que veía esa película en un año. El final me molestaba porque gracias a los consejos del profesor y los remordimientos de un negro, los alumnos se arrepentían de sus "maldades" y le daban la espalda a su líder, Vic Morrow. Sin embargo, no cambié de canal, no tiene caso ver las películas a medias.

Dejé el televisor prendido y me levanté de la cama para mirar por la ventana. No era mucho lo que se podía ver. La zona, poco transitada, carecía de buena iluminación excepto por un anuncio que a lo lejos me invitaba todas las noches a conocer el mundo Marlboro. La luz me permitía adivinar a lo lejos una especie de hondonada que iba a dar a las vías de tren cercanas. No me explico cómo es que hay rieles en un sitio donde nunca pasa el tren.

No es que me sintiera fastidiado, pero sí inquieto e indeciso sobre qué hacer mientras me daba sueño y me abandonaba a la inconsciencia para ir otra vez a trabajar. Entro muy temprano, a las seis, y salgo a la una de la tarde con la espalda adolorida, sediento y con muchas ganas de descargar el coraje que no alcanzo a exprimir trapeando pisos y limpiando vidrios bajo la custodia de un supervisor. Al tipo le gusta su puesto y lo cubre con eficiencia. Él sabe que yo no lo tolero, pero nunca se mete conmigo porque también sabe que no me interesa el trabajo. Cumplo acumulando rabia silenciosa y acechante en busca de su oportunidad. He trabajado en esas oficinas por algunos meses. No sé qué me tiene ahí, hay algo dentro de mí que me pide aguantar un poco, aunque casi siempre sale ganando un deseo por botar todo a la mierda. Sin embargo, a mis ganas las desanima mi despilfarro de energía. Paso jornadas enteras vagando con la imaginación, recorriendo el edificio hasta verme fuera de él. Rehuyo de obligaciones extras con mi silencio desafiante. De vez en cuando me escapo para caminar por las calles cercanas tratando inútilmente de contener dentro de una frágil burbuja alguna historia que no me haga recorrer la misma ruta. Incluso esbocé varias en sobrantes de papel que recogía en las oficinas. Pero el contenido de esa burbuja de historias sin pies ni cabeza reventaba antes de que yo llegara a casa dispuesto a darle vida después de fumar tendido en la cama. Las ideas no eran ya mías, sino producto de una carga pesada que me obligaba a garabatear en mi mente actos que no tenían lugar en ningún lado. Un burro transportando agua en el desierto. Era como querer componer una sinfonía sin siquiera saber solfear. Nada tan deprimente como la luz de unas oficinas. Seca y mustia. Incluso huele a un falso orden, a deberes sistemáticos, a toneladas de tinta y papeles que terminan reciclados para limpiar el culo de lambiscones pendientes de ponerle el pie a quien tenga algunos centímetros cúbicos más que ellos de materia gris. Cuánta jactancia de mi parte.

Hubo una temporada en que me dio por leer en los parques. Al poco rato me quedaba dormitando hasta que, con el tiempo justo, me metía a la primera función del cine. Definitivamente es de las pocas distracciones que me atraen, aunque poco después me aburrí de hacer lo mismo todos los días y me inscribí en un gimnasio de boxeo. Creo que es en lo que he durado más. Fui constante a lo largo de tres años hasta que mis vicios y una conmoción me alejaron de ahí. Hice buenas amistades, pero ya no las frecuento. Además, ni siquiera en aquella ocasión me las encontré en "la Coliseo". La última pelea del año. Dos semanas antes de que terminara diciembre o algo así. La arena con su público habitual: abandono, ranciedad, la mayoría de las butacas vacías y prácticamente nula emoción y calidad en los combates. No habría más de trescientos gatos en el embudo. Compré pepitas a la entrada, y antes de que empezara la primera pelea casi había terminado con ellas. La misma cantidad que cuando iba acompañado de Mari, sólo que ahora sin pistaches. A Mari le perdí la pista, algo nos alejó. Pasó aquel momento en que ambos jugábamos con la posibilidad de vivir juntos. Ella nunca me lo dijo, pero se quedó esperando que yo hiciera algo más por retenerla, algún acto heroico, supongo. ¿Valdría la pena? Hoy ya no tengo ganas de preguntármelo, terminó y no quiero acorralarme con lo que pudo suceder. Había llegado muy temprano, luego de vagar por el centro de la ciudad. Antes de entrar al graderío los polis me revisaron. Los bolsillos de mi chamarra estaban llenos de cáscaras de pepitas, unas llaves y un manojo de billetes que sumaban lo justo para cuatro cervezas y mi regreso a casa. La policía nunca registra a la gente previniendo un delito, sino como un acercamiento entre vigilante y vigilado que hace que a éste no se le olvide que existe alguien de quien cuidarse. Los dos primeros combates, programados a seis rounds, terminaron antes de que pudiera agarrarle gusto a mi cerveza. Cuatro bultos que bien pudieron haber peleado sin réferi. Carne de cañón para un espectáculo sumido en la más espantosa mediocridad. No hay nada más patético que un pleito entre tipos que ni siquiera hambre tienen. Lo del hambre es una referencia lejana que se cae ante hechos menos románticos. El box ya no es interesante ni para los propios peleadores. Unos cuantos viven bien de este negocio que sólo subsiste por la televisión que enfermó el juicio del aficionado y por la falta de vocación de quienes, seguramente, prefieren sus oficios como plomeros, albañiles o empleados de algún almacén. En un barrio, ser boxeador sólo representa encontrarse con rivales gratuitos en cualquier fiesta o esquina. Cada vez que suena la campana anunciando la pelea parece que será la última. Ni los mismos apostadores se interesan en los contendientes o en el dinero (muy poco) que circula en los dos primeros niveles de las tribunas. Su actitud está más próxima a la de un apático vendedor ambulante. No hay nada que buscar en las arenas, sólo hay trajes lustrosos y viejos, miradas vidriosas, cuerpos consumidos por la diabetes y por los años de hacinamiento en la monotonía; viciosos de un mito venido de fuera de sus barrios y de su vida que los hace herederos involuntarios de un falso valor, del orgullo y la identidad de grupo: al jodido le corresponde tener agallas y ceguera suficientes como para dedicarse toda su vida a boxear, robar y mal vivir en calles que se caen de viejas.

La siguiente pelea resultó más atractiva. Pesos pluma. Atléticos y rápidos, con esperanzas de llegar tan lejos como para llevarse a la cama, aunque fuera a huevo, a una modelo de revistas. Se dieron con todo, y por momentos hubo técnica y no tan mal estilo de parte de ambos. Sobre todo en el peleador que manejaba la guardia derecha. Metió buenos ganchos al cuerpo y era muy hábil para salir de las cuerdas. Al otro, zurdo, le ayudaba su tesón, mejor pegada y resistencia al castigo. Para los pocos asistentes a la arena, esto fue como un regalo inesperado, el ánimo subió de tono y el asbesto frío y el eco tenebroso pasaron a un segundo plano a lo largo de los diez asaltos. Al final hubo monedas sobre la lona, aplausos y porras para ambos contendientes. Se declaró un empate que a todos dejó satisfechos, menos a mí. No acepto eso en un combate, es como alimentar el miedo para un reto futuro. Cuando alguien se entrena piensa en ganar o perder, no en empatar. Sería como aceptar una anestesia que lo vuelve a uno insensible al dolor de la derrota. Es negarse a uno mismo, vivir resignado a lo que venga, sortear las olas cuando se sabe que no hay puerto a la vista. No puedo aceptarlo sino como una ofensa al valor del guerrero auténtico, que sabe que con el triunfo el espíritu reposa tranquilo. No importa que, como con esos dos boxeadores, la adrenalina haya sido inyectada al cuerpo sin avaricia y que ambos se hubieran abrazado sonrientes, agradecidos con el público y los jueces. Habían eludido la vergüenza, aunque en el fondo sepan que un empate es igual a nada.

Me sentí emocionado cuando los vi bajar del ring, aún recuerdo cómo se me dificultaba el paso de la saliva por la garganta. Tenía sentimientos encontrados, así que abandoné la arena y ni siquiera pasé a orinar a los baños. En las escaleras, mientras descendía a la calle sigilosa, contuve una lágrima que amenazaba bajar por mi mejilla. Todos estábamos muertos, todo había terminado antes de que iniciara la última pelea de la noche.

Apagué el televisor, alcé mi chamarra del suelo y tomé unos billetes que dejé encima del guacal donde guardo los libros. Pensé que no sería mala idea caminar un rato por la vía del tren en lo que daba unos sorbos a una anforita de tequila. Una vez que la terminara regresaría a mi cuarto con ganas de dormir.

Antes de bajar la escalera miré atrás inconscientemente para verificar si había apagado la luz. Nunca me olvido de hacerlo, pero siempre que salgo hago lo mismo. No tengo por qué preocuparme de que alguien suba a robar. Como ya dije, poseo pocas cosas y nada tiene suficiente valor como para lamentar su pérdida. Siempre cargo el dinero conmigo, así sea para ir al baño que está a un lado y que supuestamente comparto con otro inquilino quien vive en la puerta siguiente, aunque hasta el momento jamás lo he visto.

La anciana que me rentó, reumática y tolerante, me dijo que el otro cuarto estaba habitado. No dio más detalles y yo no me preocupé por preguntar, en todo caso, tarde o temprano conocería a mi vecino.

Hacía frío y la calle estaba casi desierta a pesar de la hora. Subí el cuello de la chamarra y fui directo a la vinatería a comprar el tequila y cigarros. Todas las calles desembocaban en la hondonada, las esquinas anteriores terminaban en callejones. Miraba continuamente las vías del tren indicándoles que no tardaría en ir caminando sobre ellas.

Yo, con cigarros y alcohol. Yo, a media calle parado en dirección a la hondonada. Yo, con incertidumbre del camino que habría de recorrer, pero con una emoción parecida a cuando se viaja por primera vez. Yo, preso de mí mismo, sin encontrar un valor a mis años vividos o a algún proyecto futuro. Yo, a solas en una noche donde las nubes densas presentan una sombra iluminada por la luna que despunta al final de las vías.

Tomé por la calle que terminaba frente a una curva de los rieles. En la esquina, la luz de un poste descubría el polvo flotante alrededor del espeso enramado que cobijaba el camino. Aun antes de abrir la botella sentí calor en el cuerpo. Tomé un trago y encendí un cigarro. Caminaba despreocupado, disfrutando del sonido de la grava restregada por mis botas como si masticara un caramelo macizo. Era imposible distinguir algún final en la ruta, la oscuridad casi total apenas y se rompía por unas franjas de luz que la luna filtraba entre las altas hierbas. Reconocí el canto de unos grillos y hasta de unos sapos, aunque esto último no puedo precisarlo, no creo que en los alrededores haya pantanos. Se me hacía más lógico escuchar el paso de camiones o quizás de alguna ambulancia, pero el silencio era absoluto. El ruido de mis botas parecía no traspasar más allá de mi radio de acción. Conmigo nacía y conmigo moría, incapaz de alterar la tranquilidad nocturna. El olor de las hierbas, mezcla de arbustos frescos con otros que habían sido cortados de raíz y quemados, picaba mi olfato.

En algún momento volví la vista atrás sólo para comprobar que nadie más caminaba por la vía. Muy a lo lejos alcancé a distinguir una luz pálida. Hasta entonces iba guiado únicamente por mi superficial indiferencia a la soledad del camino. Estaba seguro, sin saber por qué, de que nada ni nadie se atrevería a atacarme. Ratas, perros, gatos o atracadores. Nada. Los vecinos del lugar seguramente estaban recogidos en sus casas, distantes de las vías, temerosos a internarse en ese despoblado ideal para morir en un asalto sin ningún testigo a la vista. Un amigo murió así. Iba borracho, se enfrentó con dos fulanos que lo golpearon con uno de esos ganchos para asegurar los coches contra robo. Le fracturaron el cráneo y le quitaron doscientos pesos. ¿Qué le llevó a pedir la muerte de manera tan poco inteligente?; la respuesta se la llevó a la tumba junto con los juicios burlones de todos los que estuvimos con él en aquella noche. Nadie le pedía nada más que quedarse dormido en el mismo baldío donde sus acompañantes decidíamos lo que ocurría. Aquí, en este momento, el único testigo de todo era la luna disimulada por un cerco de nubes livianas y hollín.

Tomaba de la botella y me divertía sosteniendo el cigarro en mis labios como si yo fuera una insignificante locomotora avanzando hacia su destino. Próxima estación: el silencio brumoso, la oscuridad y el llano. Los tragos no me infundieron valor o ánimo para hacer otra cosa que seguir caminando, si acaso la sensación de llevar un paso relajado y constante, a prueba de tropezones en los durmientes. Por eso me convencí de que no era efecto del alcohol lo que vi a la distancia: un terreno baldío protegido con tablas y bien iluminado donde se apretujaba un grupo discreto de hombres listos a cruzar la barda, no sin antes voltear cautelosos a ambos lados de la vía para verificar que nadie los vigilaba. Seguramente no podían verme, pues nadie me detuvo o previno a los demás. Conforme me acercaba se hicieron más claros los murmullos animados y algo que poco a poco reconocí. Gruñidos. Mi corazón comenzó a bombear sangre a ritmo acelerado y la curiosidad me hizo desatender cualquier precaución. Di un buen trago a la botella, apagué el cigarro y apresuré mis pasos, inquieto por participar en lo que ocurría en el interior del cerco.

II

Un tipo controlaba el acceso. Fornido, chaparrón, de brazos y cuello requemados por el sol, playera holgada y sin mangas, bigote áspero y ojos vidriosos como los de alguien que trae una cruda incurable. Me situé tras de quienes iban entrando. Una vez que pagaban eran revisados en las ropas. Alcancé a escuchar gritos que incitaban a alguien a que atacara con fuerza. También se oían gruñidos entrecortados y furiosos o aullidos lastimeros. Me dio la impresión de que estaban muy lejos de la entrada al baldío. Me acerqué al vigilante para solicitar mi acceso abriéndome paso entre el grupo compacto de hombres vestidos con ropa muy sucia y botas propias para trabajo pesado.

—Te cuesta quince pesos la entrada. Si quieres apostar, te vas detrás del animal que elijas. Yo recibo el dinero.

Sentí un cosquilleo en la espalda. Mi respiración,

agitada de por sí, se excitó aún más por una serie de imágenes confusas que hoy podría definir como una pesadilla que de tanto repetirse se vuelve necesaria, absorbiéndome a tal grado que no escuché las demás advertencias. Peleas de perros. Pensé que jamás me volvería a involucrar en ellas. Mi confianza creció en forma desmedida por los recuerdos reavivados. Saqué apresuradamente el dinero, pagué y me metí apenas soportando la revisión rutinaria. Me quitaron la botella y mi cinturón, pasaron por alto los cigarros. Algo más me fue avisado pero no entendí. Entré vacilante, sin saber qué rumbo tomar, pues aún no definía dónde se colocaban los apostadores y dónde el público. De lo más profundo del terreno llegaba un fuerte olor a podrido.

No me eran desconocidas las peleas de perros. Algunos años antes las organizaban en un establo cercano a la casa donde viví con mi padre. Se acondicionaban pequeños ruedos parecidos a los palenques. Los combates eran entre cualquier tipo de perros, aunque predominaban los bull terriers y los callejeros: unos por su tradicional fiereza, otros porque no le costaban a nadie y se podían encontrar en cualquier esquina; a éstos los usaban como carnada cuando de plano no había rival para los fieros bull pits. En esos años casi no se apostaba. Era simple distracción y parte de toda una especie de ceremonia donde se daban a conocer los sujetos más gandallas del rumbo a través de la fiereza de sus mascotas. Llegué a asistir en muchas ocasiones. Yo tenía un perro muy fuerte que andaba todo el día en la calle, así que no era raro encontrarlo peleando con cualquier clase de bicho; aun a las personas, si lo molestaban, se les iba encima. Varias veces tuve que sacarlo del antirrábico y pagar la multa. Otras, yo mismo me agarré a golpes por defenderlo de garrotazos o, en alguna ocasión, del inminente disparo de una pistola. Su fama de fiero no pasó por alto a aquellos que se entretenían con las peleas. Me convencieron de que no eran a muerte y que si yo decidía que estaban lastimándolo mucho, el combate se detendría de inmediato. Accedí porque en el fondo deseaba medir la fuerza de mi mascota pensando que si ganaba ya no volverían a hostigarme.

Ringo peleó contra un doberman y quedó muy lastimado, renco de por vida. El otro animal, más viejo, a los pocos días murió lleno de cortaduras e infecciones.

El chiste de todo, en un principio, era verlos en acción. Mi afecto por los animales tomó un giro muy distinto desde entonces. A medida que las peleas fueron haciéndose más frecuentes, comencé a ayudar en el entrenamiento de los perros, suponiendo que las batallas eran breves, poco dañinas y con la idea principal de adiestrarlos para la protección de casas y amos. Ése era el argumento preferido de los aficionados a estas luchas, sobre todo cuando veían que mi recelo —fingido— crecía. Yo sólo pensaba en mí. De por medio había cervezas y una amistad superficial entre los dueños de los mejores ejemplares. Gozábamos con las muestras de afecto de los perros por los cuidados que se les prodigaban después de las peleas, nos fortalecía haciéndonos sentir mejores. Por eso decidí seguir. En aquel tiempo tenía mucha práctica vacunando perros y me consideraba un experto en el tema. Siempre tuve alguno en casa de mi padre. Perdí muchos de ellos por mi costumbre de dejarlos sueltos en la calle. A otros, el viejo simplemente los echaba a patadas, harto de mí, más que de los perros. Me gustaba encontrármelos cuando yo andaba por ahí, con los amigos; otros más fueron envenenados o murieron de viejos. Nunca me desagradó verlos pelear espontáneamente, era parte de la supervivencia cotidiana. De haber impedido que se defendieran hubiera ido contra mí mismo y contra las normas aceptadas en el barrio.

Me aparté del grupo cuando me fastidié de presenciar muertes por desangrado, de la furia con que los perros arrancaban pedazos de carne de sus rivales, de ver cómo se rompían las patas o el cuello obligando a sus dueños a sacrificarlos en el mismo palenque con un balazo o con un golpe de martillo sobre la frente. Hay que ver a los bull terrier aferrados a su presa aún después de muerta. Sus mandíbulas funcionan como un candado que aumenta su efectividad a medida que el animal se enfurece. Sólo pueden abrirse cuando les cruzan un tubo en el hocico y los jalan de la cola, palanqueando. La operación puede tardar horas, dependiendo de la fuerza del perro y del cansancio que tenga.

Ahora que había llegado al mismo punto, ubiqué dónde estaban los dueños de las fieras y dónde los mirones. Me situé con estos últimos.

El público se estrechaba junto a las trancas, haciendo casi imposible que quienes íbamos llegando pudiéramos ver. La cuestión era abrirse paso poco a poco hasta que la inercia del movimiento me fuera llevando al frente. Había pocos niños, pero no me pasó inadvertida su presencia. Primero, porque su emoción se transformaba en odio profundo hacia el perro ganador y su dueño cuando el que preferían moría en el combate. Algunos trataban con familiaridad a los entrenadores y de vez en cuando les palmeaban los hombros para manifestarles su simpatía. Los tipos parecían no tomar en cuenta las muestras de apoyo, vinieran de quien vinieran, concentrándose exclusivamente en azuzar o calmar a sus animales según se necesitara. Su actitud llevaba un aire sacerdotal que los hacía todavía más insoportables. Hombres alcoholizados gritaban insultos a lo que fuera: a los perros, a los dueños, a los apostadores, a la suerte. Iban acompañados de mujeres de rostros encendidos y ojos torvos, excitadas al máximo. A veces sus gritos se escuchaban con mayor fuerza que los de sus machos. No les importaba nada: lo que tenían enfrente las hacía olvidar cualquier recato. Eran, al igual que el resto de la multitud, pobres, grotescas, de edades difíciles de definir y dispuestas a todo en caso de que algo no fuera de su parecer.

Llegué al frente de la barrera hecha con tablas y láminas. Acababa de terminar una pelea. El dueño del perro ganador sufría para controlarlo. Con muchos trabajos le puso una pechera y bozal, lo cargó tomándolo del cuello y los cuartos traseros, se paró en medio del óvalo y cerró un puño en señal de triunfo. Se veía feliz. Su animal estaba ileso: un bull terrier del tipo inglés, atigrado en tonos café y negro, cabezón, enano y con las patas delanteras separadas más de lo normal por un descomunal pecho con mancha blanca; unas leves cortadas en la cabeza y la lengua de fuera, jadeante, eran las únicas señales de su feroz pelea a muerte, donde dejó desangrado a su oponente. Antes de salir del óvalo y cobrar su dinero, un hombre fornido, que la hacía de réferi, le gritó algo que no entendí. El aludido miró al público, depositó al perro en la tierra y cuando éste se sostuvo en sus cuatro patas, se puso de rodillas para estrecharlo en su regazo y lamerle la cabeza, los belfos, lomo y pecho. Lo hizo lentamente, casi con lujuria, y en su mirada había una invitación a imitarlo. Cuando se fue, la gente aumentó sus gritos y un aire de duda cubrió el ambiente.

El perdedor tomó a su perro del morrillo y lo alzó varias veces despectivamente, demostrando que estaba bien muerto. Quería aparentar que no le importaba, aunque sus ojos, inyectados en sangre, proyectaban un rencor mal disimulado. Arrastró al animal hasta la orilla del cerco, ahí lo cargó con una mano y luego abandonó el lugar, seguido por dos lambiscones que fumaban nerviosos y tristes.

El perro tenía la lengua de fuera, los ojos desorbitados y mucha sangre en la cabeza, el cuello y las patas traseras, una de ellas estaba rota y dejaba ver el hueso. Era una cruza de bull terrier con otra raza mestiza, más grande de lo normal para un ejemplar de su tipo, aunque con una cabeza muy pequeña, sin el pelo al ras de la piel, como debe tenerlo un pura raza.

El asunto de lamer al perro ganador me dio una idea de la magnitud de las apuestas y de la férrea vigilancia de los asistentes contra alguna trampa. Para evitarlas, los organizadores obligan a los entrenadores a lamer a sus perros antes y después del combate en presencia de todos. Con esto se impide el uso de veneno, gruesas capas de vaselina o sebo con vidrio molido, de tal manera que cuando se muerdan se les paralice la mandíbula, se intoxiquen o tengan un sangrado interno. Es como en el boxeo, donde al peleador le revisan el vendaje y los guantes. Un mero trámite, nadie puede controlar que los perros sean estimulados previamente con anfetaminas.

Mis antiguas amistades lo llegaban a hacer, pero una vez un perro vomitó sangre y su dueño reclamó, el contrincante se negó a lamer a su mascota y recibió una golpiza que lo llevó directo a la Cruz Roja. A su perro lo mataron a tubazos. Tiempo después, el transa quiso reintegrarse a las apuestas, pero las amenazas de muerte lo hicieron desistir. Otra razón fue que nunca consiguió otro bull tan fiero como el que le habían sacrificado.

Los espectadores se movían inquietos en perímetros muy cortos, pues nadie deseaba perder su lugar ni detalle de lo que pasaba con las apuestas. Algunos rodeaban a los perros próximos a combatir e intentaban acariciarlos para transmitirse confianza en su próxima elección. Más allá de alguna carcajada esporádica o de comentarios que servían un tanto para relajarse, predominaba el silencio. La gran mayoría, vecinos y conocidos de alguna parte, se desatendían de cualquier familiaridad extra para no dar pie a una discusión que revelara las preferencias de cada quien por alguno de los contendientes.

El organizador hablaba con los dueños de los animales para ponerse de acuerdo en el sorteo de tres posibles combatientes. Uno de aquellos, dueño de un bull inglés blanco con manchas negras alrededor de la cabeza, quedó fuera de las apuestas. Alegaba que su perro era mucho más fuerte y fiero que los otros dos y que podía derrotarlos fácilmente, además propuso que metieran a los tres animales en el palenque y enfrentarlos entre sí. La apuesta les pareció muy arriesgada a los demás, y en medio de los gritos del público, que en su mayoría apoyaba la propuesta, dijeron no. Molesto, encadenó a su perro y se resignó a ser por esa ocasión un observador más de la última pelea.

Su perro era más grande que los otros dos: estaba sumamente inquieto y no dejaba de mostrar los colmillos cada vez que gruñía. Los otros animales respondían intimidados; los ojos brillosos del perro con manchas imponían respeto. Su dueño se jactaba de ello tensando los brazos más de lo necesario para sostener a su mascota de la cadena, que jalaba cabeceando, ansiosa por entrar en acción. Sin duda, estaba excitada por el olor agridulce de la sangre, los gritos y provocaciones que le hacían tras la cerca. Con la luz parda que llegaba en diagonal desde un poste afuera del baldío, la fiera parecía un monstruo prehistórico.

III

Se juntaron las apuestas y todo quedó listo. Algunos mirones ya se habían retirado del terreno, quizás exhaustos de tanto grito y perturbados por lo sangriento de la carnicería. No obstante, aún quedaba una buena cantidad de vagos decididos a presenciar la última tanda de la noche.

Me recorría un escalofrío, la emoción me resecaba el paladar, fumaba ansioso en sustitución de un trago de alcohol, que para entonces necesitaba desesperadamente. Contagiado por la sed de sangre y del morbo petulante del público, quería intervenir de algún modo, pero sin decidirme a apostar, sólo me interesaba el combate en sí mismo y repasar mis conocimientos sobre perros. Pudiera parecer absurdo que eso mismo no me motivara a jugar mi dinero, pero no estaba dispuesto a correr el riesgo de que en una sola pelea mis pronósticos sobre qué animal debería de ganar en razón de su talla y energía se derrumbaran por un rato de mala suerte. Es un espectáculo hipnótico verlos ladrar y revolcarse furiosos, enseñando al adversario sus blancos colmillos romos y mortíferos como estacas, caminar en círculo acechando el cuello que habrán de desgarrar. Todo ello es lo que lleva a un perro a ganar la pelea, pero necesita de mucha fuerza en las patas traseras para impulsarse y, dado el caso, sobreponerse a una caída que lo coloque al borde de la muerte; debe aprisionar de una dentellada el cuello del adversario y con el mismo impulso ponerlo de lomo al suelo.

Todos sabíamos que nadie saldría de pobre con las apuestas, pero la emoción del combate exigía de ello. Era el aderezo de la ensalada. Lo único que importaba era ganar unos pesos y reír del perdedor, un perro, a fin de cuentas; a su dueño, simplemente no se le hablaba, no tiene caso estar cerca de quien ya defraudó la confianza de otros, había que esperar a que trajera otro animal, y en caso de que ganara entonces sí, expresarle respeto a cambio de unos cuantos pesos. ¿Qué era el respeto, si no, entre esa masa excitada y demandante? Una vez de regreso a nuestros lugares, todo retornaría a la rutina. Negociábamos un rato de desahogo.

Colocaron a los dos perros en el centro de la arena y ambos entrenadores llevaron a cabo la prueba de limpieza. Los tipos sacaban sus lenguas tanto como podían para pasarla una y otra vez desde el hocico hasta la punta de la cola. Por momentos, lentamente; otras veces de prisa, tomándose breves lapsos de reposo para escupir, renovar la saliva y continuar gustosos mientras les acariciaban el lomo. Al terminar, azuzaron a sus animales, los hocicos quedaron a unos cuantos centímetros. Los ladridos eran cavernosos, desesperados y llenos de ansiedad. Los hombres se pusieron de acuerdo, desabrocharon los collares y salieron corriendo del óvalo.

La decepción y la burla inmediata fue general, uno de los perros se echó a tierra apenas sintió el hocico de su contrincante y entregó su cuello aullando de miedo. El inminente ganador lo mordía y agitaba la cabeza buscando desgarrarle la piel. Entre los aullidos de dolor y los gritos de los presentes se generó una confusión que estuvo a punto de terminar en una bronca general. El dueño del perro sometido le gritaba al otro que quitara a su animal de encima, resignado. Pero era casi imposible, el bull pit dominante arrastraba a su presa y a cada dentellada le ganaba un pedazo más de piel; no tardaría en romperle la tráquea. El otro animal pataleaba, gemía y aullaba indefenso y con la cabeza inmóvil, olfateando su muerte.

El dueño del perro ganador esperó a que éste resollara, entonces lo jaló de la cola mientras que con la mano libre trataba de agarrarlo de los belfos. Luego de un rato logró ponerle el collar y fue metiéndole un palo en el pequeño hueco que se formaba en el hocico. La nula resistencia del otro perro ayudó a destrabarlo poco a poco. Al fin lo controlaron y pudieron retirarlo de la arena en medio de gritos y bromas insultantes que comparaban la virilidad del perdedor con la de su dueño. Apenas se vio libre del castigo, el perro salió corriendo despavorido a refugiarse en un rincón lejano, desde donde gruñía y se revolcaba, restregando su cuello contra la tierra seca.

El dueño del bull terrier que quedó fuera del sorteo aprovechó el momento para acercarse rápidamente al organizador para ofrecer a su perro, pero el ganador del último combate se rehusó satisfecho, temeroso de la fuerza de su nuevo contendiente. Acariciaba a su animal mientras miraba en torno suyo, orgulloso. Poco después salió del óvalo y luego del baldío en compañía de otro hombre que lo alcanzó en la barda. Nadie se preocupó porque volviera a lamer a su mascota.

El público permaneció expectante, indeciso de retirarse, pendiente de un alegato secreto que sostenían el organizador de las peleas y el retador. Tardaron unos cuantos minutos hasta que al fin se pusieron de acuerdo. Uno fue por su perro y lo condujo al centro de la arena. El otro llamó a un ayudante, le dio instrucciones y fue al centro del óvalo. El mandadero no tardó en regresar con un costal de lona que cargaba al hombro con mucho esfuerzo. Lo depositó en la tierra y de inmediato regresó a su puesto de vigilante. El organizador alzó la voz para que todos lo oyéramos:

—A ver, aquí el amigo apuesta veinte mil varos a quien se aviente un cerrón con su perro, y aparte regala un cachorro. Su animal gana si los tira al suelo y los agarra de una pierna, o si el luchador grita que paren la pelea. Quien se anime, gana si mata al perro o lo inmoviliza totalmente.

Risillas nerviosas y ruido de zapatos removiendo

la tierra fueron la primera respuesta. Nadie miraba a los dos hombres situados en el centro del óvalo, la atención se centraba en el perro, jadeante y con la lengua de fuera. Se veía tranquilo, manso.

—Qué, ¿no se avientan? Aquí en el costal hay una malla de alambre para protegerse desde la cabeza hasta aquí —el tipo se señalaba los muslos y miraba retadoramente a los presentes—. Órale, estaban muy animados, no me van a decir que le tienen miedo a este pinche perrito. Chingá, más mordidas les dan allá fuera y ni de pedo l'hacen, aquí siquiera se van a ganar una buena feria. Piénsenlo bien.

Instintivamente hubo quienes recularon; escupían y se miraban entre sí, taimados, viendo si de casualidad hallaban entre ellos quien aceptara la apuesta. Otros optaron por cruzarse de brazos como si no les cayera el veinte. Sentían que la afrenta no iba dirigida a ellos, ya sea por debilidad física o porque estaba sobrentendido que no tenían otra intención que gozar de las peleas. Eran los que más ganaban sin arriesgar dinero o presencia, ocultando sus risotadas tras las espaldas de los que apostaban o se mantenían en el filo de la barda metidos en los combates y el dinero que se les abanicaba inalcanzable.

La sangre estaba a punto de hacerme explotar las sienes como si el reto me lo hubieran hecho de frente. Mi orgullo estaba lastimado al saberme en medio de energúmenos que ahora no tenían valor siquiera para replicar algún pretexto. Se quedaban callados, igual que mis compañeros de trabajo cuando el supervisor los regañaba amenazándolos con quitarles la chamba, como si no hubiera otra forma de ganarse ese sueldo miserable.

En cuclillas, el apostador acariciaba a su perro y presumía un fajo de billetes enrollado con una liga. Lo odié por prepotente y fanfarrón, seguro de que la oferta sería rechazada y su orgullo quedaría intacto. Hasta como cabrón iba a quedar.

Las manos me sudaban. Mi emoción iba por el filo de una hoja de afeitar. Sabía que nadie me tomaría a mal no hacer caso del reto, nadie me conocía, era una mancha más entre todos ellos, ¿a quién le importaba lo que yo decidiera?, bastaba con irme de ahí y regresar en otra oportunidad confundiéndome entre la bola. La sensación que me abrazaba era similar a cuando uno está a punto de darse en la madre con alguien: estudiando las posibilidades, propias y las del adversario para dar un primer buen golpe y no caer al suelo derrotado, que nadie dijera que se pierde por pendejo. El asunto es no echarse para atrás.

Apenas me doy cuenta de la intensidad de mis exhalaciones tibias y apestosas a clorofila. Nadie en ese momento existía en torno mío. Todo tomaba un matiz fantasmal, que me asediaba para atestiguar mi reacción y registrarla en el ambiente como yo en mis obsesiones.

No dije una sola palabra. Salté la bardilla y di unos pasos en dirección al apostador. De pronto me detuve con la vista fija en el animal. Los murmullos zumbaban en mis oídos igual que cuando uno va a ser víctima de un desmayo.

IV

Sentí que alguien me acercaba el costal con la malla, pero no hice caso. El animal me veía curioso y aguzaba el olfato para reconocerme. A cierta distancia me detuve, sin perder de vista que su dueño lo agarraba firmemente con la cadena. Cauteloso, alcé mi mano y la fui acercando al hocico del perro, ofreciéndole el dorso en lo que me hincaba muy despacio, hasta dejar mis rodillas bien plantadas en la tierra. Quise poner mi mano sobre su cabeza, pero el apostador jaló de la cadena. El animal se alteró y comenzó a ladrar y a moverse, ansioso por soltarse. Reculó mostrándome los colmillos y yo me quedé inmóvil con la vista fija en esos ojos chispeantes.

—Si vas a pelear, de una vez prepárate. No puedes tocar al animal antes de la lucha.

Reaccioné con la voz. Fui por el costal y saqué la malla, desdoblándola para ver su estado. Los gritos del público aumentaron de intensidad y se dirigían a mí como si yo fuera otro perro. Una voz interna me empujaba a seguir.

El alambre era de tejido muy fino y flexible, algo corroído a pesar de estar recubierto con aceite quemado. El conjunto de la malla tenía forma de camiseta con una capucha estilo pasamontañas y dos orificios más o menos adecuados a la altura de los ojos. Las partes que cubrían las manos no tenían salida para los dedos, así que mis brazos funcionarían como muñones. Con todo, la movilidad era aceptable, se podía cerrar los puños y formar un mazo que aumentaría la contundencia con la aspereza de la red. Sin duda, usaban este protector con frecuencia, pues se veía remendado. Me costaba trabajo creer que hubiera alguien que peleara de esta forma con perros, por lo que concluí que la malla era utilizada para entrenamiento.

Una vez que me instalé el protector, pude sentir su peso. Calculé más o menos ocho kilos. Me sentí torpe y algo sofocado. La camiseta que traía no era lo suficientemente gruesa como para evitar que mi espalda y torso resintieran la aspereza del alambre, sobre todo en los hombros y brazos. Era mentira que cubriera hasta los muslos, apenas y llegaba un poco más abajo de la cintura, así que un descuido y podía quedar capado como perro de abuelita.

Caminé hacia el centro del óvalo cuidando de no perder de vista al animal, que se removía nervioso, listo para saltar sobre mí. El organizador del combate abandonó el palenque y se recargó curioso en la bardilla de madera. Me preguntó si estaba listo y le indiqué con una seña de mano que me esperara un momento. Agité los brazos de un lado a otro para desentumirme y comprobar qué tanto de movilidad tenían. Miré los amarres de mis botas, resoplaba para disminuir mi tensión. La gente gritaba apoyándome y agitaban el cerco de láminas y tablas amenazando con traspasarlo en cualquier momento. Creo que por primera vez en la noche las preferencias del público estaban unificadas. Apenas podía distinguir algunos rostros contraídos por el rencor hacia el dueño del animal, y no tanto a éste, veían en aquél a un carnicero que quería sacrificarme como a los cristianos en los coliseos romanos. Al menos eso supuse, aunque nada me decía que aquello estuviera lleno de paganos. En el ambiente se sentía un fervor casi religioso que en nada ayudaba a mi ánimo para salir triunfal de una prueba que en ese momento me pareció totalmente absurda y que estaba a punto de vencerme de miedo antes de empezar. Di unos brinquitos abriendo el compás y flexioné la cintura al frente para indicarle al organizador que estaba listo. No obstante, el animal estaba desconcertado por la presa que le mostraban. El dueño del perro arrastró a su mascota hasta la orilla del óvalo, le quitó la cadena y el collar y sujetó al perro por el pecho. Comenzó a azuzarlo, aunque al animal no le hacía falta motivación. Estaba listo para atacarme apenas lo soltaran. Comprendí que mi única oportunidad estaba en el momento que pudiera darle un buen batazo en la cabeza para después írmele encima, romperle las mandíbulas o asfixiarlo.

—¡Suéltalo! —gritó el organizador, y al momento fue acatada su orden. El perro salió corriendo a toda velocidad, ladrando. En una fracción de segundo vi sus enormes colmillos a punto de agarrarme del cuello.

Caí al suelo con el animal encima. Afortunadamente no alcanzó a morderme. Nos revolcamos. Yo lo tenía tomado del cuello e intentaba ahorcarlo, pero su enorme fuerza se estimulaba al olfatearme. No lo podía asir. Con una mano lo golpeaba en la cabeza y las costillas mientras le ofrecía mi brazo libre para entretener sus fauces y mantenerlas alejadas de mi cuello, testículos y piernas. Los gruñidos rabiosos ahogaban la gritería del público. Había atorado los colmillos en la malla. Rodábamos por la tierra y en cada giro yo intentaba quedar encima, pero era imposible. La fiera se revolvía llena de vigor, apoyándose con sus patas en mi abdomen y muslos para hacer tracción. Empujé mi antebrazo hasta lo profundo de su hocico para ahogarla y cortarle en lo posible la llegada de oxígeno. Mis golpes, lejos de ablandar al perro, estimulaban aún más su ataque incansable. Cambié de táctica y sacudí el brazo que estaba sujeto entre sus mandíbulas para que los colmillos se trozaran con la malla. No sé qué tanto lo conseguí, pero el animal cayó al suelo pegando primero con su cabeza. El hocico rebosaba en sangre. No supe si era mía o si efectivamente le había hecho daño. Se recuperó de inmediato y ahora atacó mis piernas. Yo jadeaba aterrado, la fuerza del perro superaba la contundencia de cualquiera de mis golpes.

Lo menos conveniente para mí era mantenerme a la defensiva, así que le salí al encuentro, esperé hasta el último instante y cuando estaba a punto de embestir de nuevo, tiré una patada donde vacié casi toda la fuerza de que disponía. Le di justo abajo de sus costillas. El perro no alcanzó a morderme, escuché el aullido de dolor y seguí al bulto inerte en su viaje al suelo. No esperé más y me le fui encima, lo agarré del hocico con las dos manos y empezamos a forcejear, pero ahora él se revolcaba luchando porque no le rompiera la mandíbula. Estaba lleno de baba espesa y rojiza. Su olor era fétido, como de algo a punto de pudrirse. Mi terror se fue transformando en una necesidad imperiosa de sangre y muerte que era impulsada aún más por el griterío. Entonces percibí cómo el dueño del animal lo estimulaba: "¡Acábalo al hijo de su pinche madre!", pero yo ya empezaba a disfrutar del giro que tomaba el combate. Me di cuenta de que le había roto los colmillos superiores. La sangre era de él y no mía. La patada había llevado suficiente fuerza. Quizás le había reventado las vísceras. Mis ojos, irritados por el sudor abundante, sólo tenían espacio para captar la imagen distorsionada de un ser vivo que se sentía próximo a la muerte. La malla me dificultaba sujetarlo, pero con mi peso disponía de la presión suficiente para mantenerlo casi inmóvil. Faltaba sólo un tirón para desencajarlo.

Lo último que escuché fue el rompimiento de unos huesos y un aullido agónico. Sobre mi nuca, un golpe sólido me hizo perder el sentido.

No supe cuánto tiempo estuve sin conocimiento. Ya no traía la malla. Estaba engarrotado, con manchas de sangre seca en el pantalón y adolorido. Inútilmente quise incorporarme, pues el mareo me hacía caer de nuevo. Me resigné a mi estado, forzando la vista para ubicar dónde estaba. Lentamente fui distinguiendo el techo salitroso y cuarteado de mi habitación con su luz amarillenta lastimando mis retinas.

Yo, presa de una terrible pesadilla. Yo, con fiebre, jalando aire desesperadamente y apenas distinguiendo a lo lejos el improbable sonido de un tren que pasaba por las cercanías. Yo, desfallecido pero seguro de que antes de volver a la inconsciencia había escuchado una voz neutra que me decía:

—Tranquilo, ya pasó todo.

V

No supe cuánto tiempo dormí, recostado en el catre, desnudo y cubierto hasta el cuello con una cobija que no era mía. Moví un brazo con mucha cautela hasta ponerlo a la vista: tenía cicatrices de colmillos frescas y empapadas en mertiolate. Me ardía la piel y me sorprendió el tamaño de las heridas y los raspones. Era el brazo que puse de carnada a las fauces del perro. La cabeza me daba vueltas y hasta mucho después me di cuenta de que estaba descalabrado. Sin mover el cuello observé lo que pude, mi cuarto me pareció más vacío y sucio. Las paredes no eran la mejor señal para indicar que alguien lo habitaba desde hacía casi un año. Confundido, todo me pareció inútil, me sentía presa del más absoluto abandono, sin nadie a quien recurrir para desahogar mi impotencia, mi rencor hacia todo lo que me rodeaba; sin darme cuenta de la intensidad de mis sollozos. Las lágrimas abundantes caían por mis sienes. Con mucho esfuerzo tomé la colcha y me cubrí hasta la cabeza, decidido a que la oscuridad y la sensación de mi aliento tibio recorriéndome el rostro permitieran entregarme al sueño por un tiempo que deseaba infinito. La puerta se abrió de golpe. Me destapé y frente a mí apareció un niño pequeño que se detuvo en seco apenas dio unos pasos dentro del cuarto. Sus ojillos expresaban sorpresa e incapacidad para reconocer al tipo que tenía enfrente, deformado por los golpes y el llanto.

Me incorporé lentamente para verlo mejor, pero fue imposible. Lo espanté, dio media vuelta y a toda prisa dejó el cuarto balbuceando palabras incomprensibles. Me destapé con la mirada fija en mis rodillas. Se veían igual que los brazos. En los tobillos y los muslos aparecían grandes moretones. Me sentí mareado, tanto que tuve necesidad de recostarme de nuevo, cuidando dejar la cabeza erguida. Con la lengua removí la saliva viscosa y amarga en lo que esperaba la llegada de un mejor momento para ponerme en pie. Había vomitado en algún momento. Respiré profundamente y al instante sentí un vacío en el estómago que me dio la certeza de que por más que quisiera ya no podría expulsar sino saliva y flemas. Volví a incorporarme sobre la cama. Un sudor frío quemó mi espalda y mis mejillas. Me agarré del borde de la cama y lentamente me puse de pie, atento a la distensión y reacomodo de las articulaciones. Busqué mi ropa. Sobre la silla, mi camiseta llena de sangre cubría el pantalón, roto en las rodillas y con lodo seco. Hurgué en los bolsillos y encontré mi credencial del trabajo y las llaves del cuarto. No así mi dinero. Supuse un atraco. Difícil haber perdido los billetes durante el pleito, ya que el pantalón me quedaba lo suficientemente entallado. Me acerqué a la ventana para ver en el vidrio el reflejo de mi rostro. No suelo poner espejos donde vivo, no tengo qué mirarme más allá de las ojeras. En los hoteles los evito como se evita una enfermedad contagiosa.

Mi rostro estaba abotagado y pálido, con el pelo revuelto y tieso. Me llevé la mano a la nuca y palpé un parche de gasa. Froté la cabellera, tenía costras de sangre. La calle estaba a oscuras a pesar del anuncio luminoso. A la distancia, los postes de luz no indicaban ninguna presencia de vida. Me imaginé estar en la cima de un monasterio tibetano, apreciación surgida de alguna historia televisiva. Eso me hizo pensar que mi idea podía ser enternecedora por tanta ingenuidad de mi parte. Soy tan vulnerable como mis ideas. Afuera de mi cuarto la vida se manifestaba de una u otra forma, pero, ¿cómo saberlo en medio de tanta oscuridad y silencio similares a cuando alguien es acusado y se niega a declarar su culpa? La vida, ciertamente, se movía en cualquier rincón del vecindario a excepción de mi cuarto, pues en ese momento yo era una especie de alma inanimada que percibía todo sin manifestar emoción alguna.

Regresé a la cama. Recostado, me pregunté quién sería el niño que había salido de mi habitación. Desde que vivo en la vecindad jamás había escuchado un llanto infantil o mención de que alguien tuviera familia. Según sé, éstos son cuartos para gente sola, pues la dueña no permite parejas o familias completas.

Las habitaciones están ocupadas por tipejos huidizos y derrotados por el mundo de las buenas oportunidades. Quizás haya algún estudiante de provincia, son un caso aparte, van de paso y se creen diferentes porque tienen aspiraciones. Defienden su ignorancia del mundo ajeno a las aulas discutiendo sobre cualquier cosa. Se sienten Benito Juárez. Los fortalece su moral y su soberbia disfrazada de amor al terruño. Lo curioso es que luego que terminan la escuela no saben a dónde ir, y se quedan en pensiones como ésta aún después de obtener trabajo en oficinas o fábricas.

Yo no sé si huyo de algo, sólo sé que al éxito lo conozco de oídas. Habitamos esta vecindad seres que podríamos pasarnos horas hablando de cosas que conocemos por intuición, como cuando escuchamos un cuento o vemos una película acerca del futuro o la prehistoria. En mi trabajo es común escuchar pláticas donde alguien quiere ir a encontrar la fortuna a otro país y se ilusiona describiendo mujeres guapas y calientes, dinero a montones y una vida con opciones. El encargado de limpiar los ventanales es muy dado a eso, ahorra como un avaro todo el dinero que le llega, siempre con la ilusión de un viaje o de emprender un negocio con su familia, que tiene la característica de robarse entre sí, agredirse a golpes y después de un tiempo perdonarse como si nada hubiera pasado. Dice que entre familia hay que disculparse todo. Allá él. No es mal tipo, pero es muy imbécil, cree que quitándose el uniforme encontrará una vida diferente. Hasta se da el lujo de ser comprensivo cuando alguien le cuenta un problema sentimental o de trabajo; da algún consejo y luego se pone a chiflar mientras sigue limpiando los enormes ventanales colgado a más de treinta metros de altura. Vivir no es más que la pesadilla del suicida.

La puerta se había quedado entreabierta. No me pararía de nuevo para cerrarla. Me dolía todo, hacía calor y lo único que me importaba era recuperar el sueño.

Antes de taparme apagué la luz.

VI

Durante el sueño, tuve ráfagas de escalofríos y prolongadas sensaciones de ardor en la piel. Platicaba con un antiguo amigo que hacía mucho no veía, dentro de un terreno usado como taller mecánico, muy grande y cuyas paredes estaban pintadas de un anaranjado subido. Interrumpió nuestra conversación la llegada de otro conocido común que preguntaba por el paradero de su hermano. El rostro de ambos me era indefinible.

Mi amigo le informó con toda naturalidad que unos hombres se lo habían llevado hacía unas horas. El recién llegado desapareció sin decir más. Al fondo, unas nubes esponjadas crecían en vertical. De pronto, me vi caminando por unas calles fangosas, oscuras a pesar de la hora, con muchos montículos de lodo y desperdicios sacados de las cañerías. Había dejado atrás una colonia urbanizada donde la luz de la tarde brillaba normalmente. Era algo así como haber cruzado una frontera imaginaria. Estaba buscando al hermano de aquel fulano que llegó al baldío. Frente a un edificio de adobes cubiertos con pintura de aceite, tres tipos con holgado uniforme gris platicaban aburridos hasta el momento en que les hice alguna pregunta. Señalaron hacia dentro de la construcción y luego siguieron en lo suyo, indiferentes. Era un edificio sin zaguán. Se entraba por un cubo oscuro y húmedo. Al final tenía unas largas escaleras metálicas de caracol. Subí. Lo hice con dificultad, eran estrechas y resbalosas, obligándome a trepar a veces por el barandal. El eje era de consistencia pegajosa y fofa. Había eco y murmullos. Del techo caían gotas espesas que la oscuridad me impedía reconocer. Fatigado, llegué hasta la cima y crucé el umbral de una puerta metálica estrecha y oxidada que dejó ante mis ojos un inmenso pabellón de color verde pistache. Tenía muchas ventanas pequeñas haciendo ángulo con el techo. La altura de las paredes era incalculable, diseñadas para que nadie pudiera ver hacia fuera o constatar la existencia de esa bodega repleta de camas muy juntas unas de otras y con sujetos que se dolían en silencio. En todas las camas había instrumental de quirófano. Enfermeros con el uniforme sucio caminaban lentamente, vigilantes, sosteniendo vasijas que goteaban sangre coagulada. Uno de ellos pasó junto a mí sosteniendo entre los brazos una sábana percudida que cubría pedazos de articulaciones humanas y muchos huesos femorales. Volteé hacia la puerta por donde llegué y descubrí una pequeña antesala donde esperaban resignadas y temerosas personas humildes. Nadie les impedía entrar al pabellón, pero se mantenían a distancia. Tampoco se atrevían a levantar la cara, aun cuando el enfermero depositaba a sus pies el envoltorio. Se limitaban a meter dinero en una bolsa de su bata. Algo me incitó a caminar por el pabellón. Mis zapatos chapoteaban entre la sangre. Un miedo profundo y animal se apoderó de mí. Me sentí paralizado, incapaz de moverme a pesar de que luchaba por recobrar el dominio de mis actos. Ni siquiera podía cerrar los párpados y sin embargo avanzaba por las hileras de camas. No puedo recordar los rostros. Sólo que lloraban en silencio. Tuve la sensación de estar dentro de una cámara de vacío balbuceando frases que sólo tenían eco en mi interior. Afuera nadie se daba cuenta de mi presencia. Había olvidado el motivo de mi visita a ese lugar. Un quejido me hizo voltear. Un tipo alto, con una bata de manta café, caminaba sollozando. Arrastraba un tubular del que colgaban una bolsa de suero y otra con plasma. Tenía una verga enorme y flácida. Su cara llena de cicatrices poseía un rictus de desesperación. Mencionaba el nombre de alguien. Los enfermeros se escondían de él. En eso, el paciente se agachó para recoger un plato lleno de una masa viscosa que devoró de unos cuantos bocados. Luego acomodó el plato bajo las nalgas y cagó ahí. Se oyeron risas detrás de un biombo, el enfermo volteó, pero no descubrió a nadie. Desprendió las sondas del tubular y se sentó en el plato recargando los brazos en sus rodillas. Se sonrió conmigo y luego dejó caer la cabeza sobre los antebrazos.

No supe cómo, pero llegué abajo de la construcción por el tubo que fijaba las escaleras de caracol.

Resbalaba continuamente, no obstante, no caí al vacío. Alcé la cara para ver hacia el pabellón, pero el líquido sanguinolento que goteaba me obligó a hundir la cabeza en el pecho. Era sangre fría y de consistencia gelatinosa. Mis ojos se habían acostumbrado a ver en la oscuridad. Al fin llegué al suelo, empapado de la cabeza a los pies. Los tipos uniformados seguían ahí, conversando como si nada. Había oscurecido completamente. Un aura escarlata bañaba el horizonte. Una señora de rebozo me hizo una advertencia. Me seguían unos desconocidos mientras me encaminaba al paso de un autobús. Cuando miré atrás, ya no estaban. Unos chavos se entretenían tirando pelotazos a un muro hasta que se dieron cuenta de mi presencia. Comenzaron a asediarme. Corrí esquivando montículos de lodo. Pedí ayuda pero nadie me hizo caso. Me di cuenta de que avanzaba a gatas raspándome un costado en los muros de unas construcciones maltrechas e inacabadas. De frente me encontré a más tipos que me buscaban inútilmente, muy juntos, marchando. Aguantaba la respiración temeroso de ser descubierto. Al fin llegué a una calzada. Me incorporé y miré atrás. Las calles oscuras y lodosas quedaron muy lejos.

Me veía a mí mismo desde el techo, recostado en mi cuarto abrazando un enorme costal como el que había en el pabellón.

Poco a poco las imágenes se fueron desvaneciendo hasta envolverme en una oscuridad más intensa que el vacío.

VII

Me despertaron tres inquietantes toquidos que provenían de la ventana.

—¿Se puede?

—¿Quién es? Pase.

Prendí la luz y vi a una mujer sosteniendo con un trapo húmedo una pequeña olla de peltre.

—¿Cómo sigue? —preguntó, quedándose inmóvil junto a la mesita cercana a la puerta.

—Bien, gracias, ¿qué se le ofrece?

—Le traigo un tecito de canela para que se lo tome con una pastilla. Se nos puso usted bien malo. Se me hace que ya ni se acuerda.

La mujer depositó el traste en la mesa y de un vistazo diagnosticó mi estado de salud. Me costó trabajo precisar su edad, aunque no parecía muy vieja. No obstante, vestía como si lo fuera. Calcetines de lana, huaraches, faldón hasta los tobillos, mandil y un suéter raído. Una pañoleta le cubría el pelo ensortijado y grueso. Lo que me ayudó a ubicar mejor su edad fue que no estaba maquillada y en su rostro no se notaban arrugas, aunque su expresión cansada remarcaba su palidez.

—¿Con quiénes me puse malo? —pregunté desconfiado.

—Pues conmigo, con mi hijo. Me costó mucho trabajo traerlo hasta acá. Si no me ayuda la dueña de la pensión no lo hubiera podido subir.

Me quedé mirando al vacío. Traté, sin conseguirlo, de recordar a esa mujer o algún detalle después de que perdí el conocimiento. Pero mi cabeza era un remolino de imágenes oscuras y contornos rojizos. Más allá de los colmillos del perro y el rostro desencajado de su dueño, no recordaba nada más.

—¿Dónde me encontró? —pregunté resignado.

—Pues ahí, en el potrero. Mi hijo y yo estábamos viendo las peleas. ¿A poco no se fijó que estábamos junto a usted antes de que se agarrara con el perro?

Hija de la chingada. Parecía más divertida que otra cosa al darme sus razones. Como si el incidente le hubiera dado oportunidad de tener a su disposición un chisme contado de primera mano. Jamás la reconocí. Las pocas mujeres que había en el baldío no me parecieron distinguibles unas de otras.

No me apartaba la mirada y me pareció que lo que menos tenía era desconfianza de estar en el cuarto, incluso creí adivinar en su rostro un dejo de admiración por mí. Aproveché esa conjetura para dejar que me contara todo.

—Seguido vamos a las peleas. A mí no me gustaban, pero de tanto oír lo buenas que se ponen, me animé. Y como mi hijo no se espantó, pues ahora lo llevo. Yo no sé cómo se le fue a ocurrir pelear con ese perrote. Yo no lo haría aunque me dieran un millón. Pensé que lo iban a matar. Pa' qué le digo, yo sí me asusté, hasta se me ocurrió hablarle a la policía, pero todo fue tan rápido que ni tiempo tuve. Además, me hubiera metido en problemas y a la mejor me llevaban a la cárcel. Y es que el dueño del perro en cuanto vio que usted ganó la pelea se metió corriendo a la arena y le dio un palazo en la cabeza. No, si se puso feo. Varios se agarraron a golpes. Fue un corredero para todas partes. Yo nada más agarré a mi niño y que me salgo rapidito del baldío. Pero luego sentí lástima de que usted se quedara ahí tirado y regresé a ver si podía ayudarlo. Yo le iba a hablar a la ambulancia, pero ya ve que luego hay que ir a declarar y todo eso, así que preferí ver si yo podía curarlo. Como vi que nada más era la cortada en la cabeza, me animé. ¿Usted cree que nadie quiso ayudarme? No' más un señor me dio unos trapos y agua para enjuagarle la cabeza. La tenía usted bien ensangrentada. Quién sabe qué tantas cosas decía, puras leperadas, que lo dejaran solo, que usted podía caminar, a mí hasta me tiró un manazo y me mentó la madre, nada más que se volvió a caer y se desmayó. Entre el señor que me dio la cubeta y yo lo trajimos hasta la pensión. Ya luego la dueña me ayudó a subirlo a su cuarto y me dijo que cuando pudiera, bajara a verla porque quería hablar con usted.

Al fin se calló por un instante. No acerté a hacer

ningún comentario de todo lo que oí. Varios de los detalles de la historia se me habían escapado mientras divagaba tratando de recordar por mí mismo. De algo estaba seguro: no tenía intención de agradecerle su ayuda. No sé por qué, pero había algo en ella que me era desagradable. Quizás el tono con que narró todo. Incluso me pareció que el cuarto se estaba impregnando de sus olores. Puse una mano sobre mi boca y observé a la mujer detenidamente. Me miraba absorta y parecía no tener ninguna intención de irse. Fingía vigilar el estado del té. Quería preguntarle más detalles, pero afuera se escucharon los pasos de alguien que corría. Apareció tras la puerta un chiquillo que, desesperado, como atraído por un imán, fue directamente a los brazos de la mujer y chilló con todas sus fuerzas:

—¡Mamá!

La mujer lo cargó de inmediato y le dio un escandaloso beso en la boca. Tenía más edad que la que pensé la primera vez. Unos cinco o seis años. Traía un muñeco entre las manos al que veía fingiendo desinterés por todo lo demás, aunque poco a poco atraje su atención.

—Éste es mi hijo, se llama Aníbal. Saluda al señor, hijo.

El niño repelió la orden y estrechó sus bracitos alrededor del cuello de su madre mientras sumía su cabeza en el regazo. Empezó a lloriquear, pero la mujer lo calmó meciéndolo.

—Es que está asustado. Y como no lo conoce a usted.

—¿Cómo que no?, vino hace rato.

—Sí pues, yo lo mandé para que viera si estaba despierto. Por eso vine. Vivo aquí juntito. Ya lo había visto antes. Llega usted muy tarde en la noche, se encierra y no sale para nada. Desde hace tiempo que quería venir a visitarlo y hasta ahorita se prestó para hacerlo. Es que no tengo luz en mi cuarto, no sé si ya se dio cuenta. Quería pedirle permiso de poner una extensión. Desde que lo renté, la señora me dijo que no había instalación y que si quería me iba a salir más caro el alquiler, y apenas y me alcanza.

Al decir esto bajó al niño y le acomodó el peinado. Aníbal se desprendió de su madre y poco a poco comenzó a recorrer la habitación hasta llegar al televisor. Ahí se quedó mirándolo fijamente mientras sus manitas enmieladas y sucias palpaban con suavidad los controles, la pantalla y el cable.

Apenas flexioné un poco el torso para reacomodarme y fue suficiente para que el niño se sorprendiera y regresara a protegerse en las faldas de su madre. De camino tropezó con un borde que lo hizo caer, de inmediato soltó un llanto agudo y vigoroso. Se daba de topes hasta que su madre, indiferente, fue a levantarlo de un brazo. De seguro estaba acostumbrada a esos berrinches, lo que menos le importaba era si los chillidos molestaban a otros.

—Párate, no llores. ¿No ves que el señor está malo? Se va a enojar. Huy, ahí viene el señor.

El niño me dedicó una rápida mirada y lloró con más energía. Pataleaba y tiraba manotazos. Su madre lo alzó de un jalón y en el viaje el pie del niño se atoró en la falda, levantándola. Descubrió parte de unas piernas blancas y de no mal ver. La mujer parecía no inmutarse. Se concretó a darle una nalgada a su hijo al tiempo que lo mecía entre sus brazos.

—Señora —dije, apenas ocultando mi creciente enojo por los chillidos—, estoy muy cansado, déjeme dormir y luego le resuelvo lo de su conexión.

—Sí, gracias, nomás sería en las noches. Un ratito. La señora no se va a dar cuenta.

Al fin salió del cuarto cargando a su hijo y cerró la puerta. Apagué la luz y lo último que recordé antes de quedarme profundamente dormido fue la imagen de sus piernas abiertas en compás.

VIII

Desperté agitado, con los músculos y el cuello contraídos. Mi cabeza presionaba contra la pared. Me costó trabajo despabilarme, lo hice despacio y evitando cerrar los ojos, pues sentía que de nuevo me atrapaba una sensación de vértigo que sin remedio me jalaba a las imágenes del pabellón. Poco a poco recobré la conciencia. Respiré aliviado, eso es lo bueno de las pesadillas, que a diferencia del estado consciente, uno despierta. Me movía con lentitud, pensando que en cualquier brincoteo avivaría las escenas del sueño. Miré al techo indeciso en cerrar de nuevo los ojos y dormir. Opté por cambiar de posición en la cama y me puse boca abajo, con la cara hundida en la almohada. Así dormí hasta muy entrada la mañana.

Tenía mucha sed y lo primero que hice fue tomarme el té. Aliviado, miré por la ventana. El día era radiante, sin nubes. Calculé más o menos la una, demasiado tarde para avisar al trabajo de mi ausencia.

Me puse un pantaloncillo corto y una camiseta sin mangas y salí a la azotea. Llegaba poco ruido de la calle, como si la ropa que colgaba de los tendederos lo absorbiera. Caminé entre lazos, cubetas y tambos que se sucedían por todo el patio hasta que llegué al rincón donde se almacenaba la leña y los periódicos viejos. Escogí los palos más secos que encontré y periódicos suficientes como para perder el tiempo leyéndolos todo el día.

Regresé a mi cuarto en busca de cerillos. No los encontré. Tampoco mis cigarros. Salí del cuarto decidido a ir con la dueña de la pensión a pedirle lumbre, pero cuando bajé dos escalones se me ocurrió ir con la vecina. Si no tenía luz eléctrica, lo más probable es que usara velas.

Toqué la puerta aunque estaba entreabierta. Nadie respondió. Insistí, lo mismo. Entré. Aníbal dormía sobre un catre agarrando con una manita un cordón que se perdía entre sus piernas y las patas del camastro. Caminé con sigilo buscando cerillos. Sólo había cajas de cartón con trastes, cobijas de lana apiladas en un rincón, un anafre, aceite, azúcar y una foto de un hombre muy viejo colgando del muro. Quise encontrarle parecido con la mujer o el niño, pero fue inútil. Aníbal cambió de posición y suspiró hondo. Me sobresaltó la idea de que notara mi presencia y se pusiera a llorar. Salí del cuarto, pero apenas lo hice se me ocurrió que no había buscado bien, sólo era cosa de andarme con tiento. Volví a entrar y a gatas busqué debajo del catre. Encontré unos cigarros de la misma marca de los que yo fumo y unos cerillos iguales a los que tenía. Los tomé, y antes de incorporarme me di cuenta de que el resto del lazo que agarraba el niño estaba amarrado a una pata.

Aníbal tenía junto a él una foto. Era un chamaquito, tras él había una vieja consola. El gesto hosco me dio la impresión de que después de tomarle la foto salió corriendo a esconderse emberrinchado. Un adulto le pasaba un brazo por su hombrito, su cara no alcanzaba a salir en la foto. Probablemente era su padre.

De pequeño mi trato era casi exclusivamente con mi padre, mi mamá sólo se ocupaba de mí para llevarme a la escuela, darme de comer y bañarme. El resto de mi educación corría por cuenta de él. Tenía un temperamento muy fuerte, casi siempre estaba molesto por algo. Descargaba sus arranques con lo que tuviera más a la mano. Muchas veces era yo el blanco. Con sus enormes manazas me amedrentaba con darme una buena chinga si no hacía las cosas como él me lo pedía. Le gustaba que todo saliera bien y quería que yo actuara igual, sobre todo cuando me ponía a leer en voz alta: cualquier tartamudeo o error de pronunciación lo destrababa de un sopapo. Los domingos íbamos al parque a jugar pelota desde muy temprano. "Fíjate bien cómo se debe de patear el balón", tomaba dos pasos de impulso y le pegaba a la pelota con toda la fuerza de su cuerpo proyectada en su empeine. Después me ponía a imitarlo una y otra vez hasta que quedara satisfecho con mi aprendizaje. Cuando me ponía de portero se enfurecía si no lograba contener sus disparos; las manos me quedaban doloridas, pero ni pensar en quejarse, porque era peor. Siempre sabía hasta dónde llegar para que yo no me soltara llorando de rabia. Se daba la vuelta como si nada y se iba a los tubos de ejercicio. Se quitaba la camisa para lucir los brazos correosos. Cada vez que terminaba una serie de ejercicios volteaba a los alrededores y miraba a los hombres, cuestionándolos, pero pretendiendo que era otra cosa lo que llamaba su atención, y a las mujeres con desafío, agitando sus brazos de un lado a otro hasta terminar dándose un fuerte abrazo. En esos momentos me ignoraba por completo; al terminar sus ejercicios, con un movimiento de cabeza me indicaba que era momento de regresar. Siempre a pie, no importaba la distancia. En casa practicábamos el boxeo. Nos poníamos unos guantes de cuero rellenos de borra y aserrín bastante pesados que él conservaba quién sabe desde cuándo. Me pegaba con suficiente fuerza para hacerme llorar, mi frustración crecía al verme impedido de regresarle aunque fuera un golpe de los muchos que él me propinaba. "¡Pégame fuerte; así, todos te van a dar en la madre!", gritaba, y en lo que ponía su guardia me iba indicando cómo debía protegerme de un ataque por sorpresa. El entrenamiento era casi mecánico y no recuerdo que me haya dejado en aquel entonces un sentimiento de satisfacción. Apenas y era consciente de sus enseñanzas cuando peleaba en la escuela o jugaba futbol. Casi siempre ganaba, perder era aceptable para él, pero si yo no iba a buscar desquite, entonces sí que se ponía de uñas. Al cabrón no le gustaba verme quieto. Si me sorprendía leyendo por un rato largo, me enviaba a limpiar mi cuarto o por algún encargo. Nunca me premió por mis triunfos, lo tomaba como una consecuencia lógica de sus enseñanzas. Terminé por evitar hacer demasiadas amistades porque en todos mis compañeros de juego y escuela veía a un posible rival con el que tarde o temprano me tendría que dar de golpes. En la calle había muchos niños, pero estoy seguro de que muy pocos recibían el mismo tipo de enseñanzas que yo. De vez en cuando se asomaba a la calle para ver cómo me desenvolvía, yo simulaba no darme cuenta y corría y gritaba con más vigor del acostumbrado, a sabiendas de que estaba él observándome tras sus lentes para el sol y vestido con pantalones hechos por sastre, siempre bien planchados y flojos. En todos esos años, no recuerdo haberlo visto abrazar a mi madre.

No me di cuenta de que estaba arrugando aún más la foto y de que mi respiración se había agitado. El pasaje se entremezcló con el de mi pelea con el perro, el coraje me fue calentando el cuerpo como con un trago de bilis. Traté de ubicar mis ideas en torno a pasajes más gratos en mi relación con mi padre, pero no pude, es más, hasta la fecha no recuerdo ninguno. En todos estaba medida la competencia, el reto y la derrota mía ante su fuerza y soberbia. No tenía caso seguir pensando en ello. A mi padre le gustaba la guerra y yo era su único soldado.

De regreso a mi cuarto, en lo que prendía el calentador pensé que no era mala idea tomar una toalla del tendedero y tirarme al sol. Me cubrí los ojos con el antebrazo y me concentré en captar sonidos. El ruido de un avión me entretuvo pensando a dónde iba y lo que podría ocurrir si cayera en la ciudad. Seguramente no sería cerca de la pensión, pues el ruido de las turbinas se escuchaba lejano. Lo que estaba a tiro de piedra eran la música cursilona que los vecinos oían incansables, sus alegatos, ruidos de motores y los olores de comida que llegaban hasta mí acompañados del restregar de cacharros. Poco a poco la modorra que me produjo la asoleada me hizo sentir bien. Así me habría quedado más tiempo de no haber sido por el ladrar de unos perros. Me incorporé de inmediato y fui directo al baño a darme un regaderazo de agua fría.

Salí más relajado, ligero y tranquilo. Me vestí lentamente y hasta entonces recordé que no había comido nada desde la tarde previa a mi pelea con el perro. No tenía ni un quinto y eso me puso nuevamente tenso, mi quincena estaba lejos y nadie a la mano para pedirle dinero. No tenía ni siquiera para el autobús del día siguiente. Era el momento de hablar con la casera. El pretexto me serviría para pedirle un préstamo. Después de todo, cuando llegué a la pensión le di una renta como depósito y siempre había sido puntual en mis pagos. Bajé las escaleras ensayando gestos y frases que me hicieran ver peor de lo que en realidad estaba.

Recorrí un largo y angosto patio. La dueña ocupaba tres habitaciones que se conectaban entre sí. Toda la planta baja de la vecindad se comunicaba a través de puertas. Las habitaciones eran pequeñas y una de ellas funcionaba como estancia donde la señora permitía que los inquilinos recibieran visitas de vez en cuando. No tengo idea de por qué hacía esto, pero lo más probable es que le facilitaba ganarse la confianza de los inquilinos, que por lo general llevaban mucho tiempo viviendo ahí; además se podría entrometer en sus vidas y controlarlos en caso de que se retrasaran con los pagos. Una mujer como cualquier otra, dispuesta a meterse en los asuntos de los demás aunque fuera nada más para entretenerse.

La puerta estaba abierta. Encontré a la casera sentada en un sofá muy grande y viejo, cuyo respaldo quedaba frente a la puerta de madera y con ventanales.

—Buenas tardes.

—Ah, es usted. Pase, estaba esperando a ver a qué hora se le ocurría bajar.

Su voz era grave y sin modulaciones, como una grabación. Sus rasgos físicos no correspondían a la imagen que yo me había formado de ella, a pesar de que una vez por mes la veo para darle puntualmente mi renta. Por lo general lo hago de noche, cuando llego de la calle, y nunca paso del umbral de su puerta, que recibe la iluminación dispareja de un foco situado a la mitad del patio. Por primera vez conocía parte de su casa, que mantenía celosamente custodiada de la vista de curiosos.

Me coloqué frente a ella. Traía anteojos bifocales de pasta negra. En el regazo sostenía una revista de política que luego dejó sobre sus piernas. Se hizo un largo silencio, pues la anciana se desatendió de mí para cuidar que la revista quedara preparada para volver a la lectura en cualquier momento.

—Me dijo mi vecina que quería hablar conmigo —pasaron unos segundos antes de que ella se dignara a dirigirme de nuevo la palabra. La habitación apestaba a meados. Como no queriendo, me senté en un sillón.

—Mire, no le voy a quitar mucho su tiempo. Sólo quería decirle que no quiero tener problemas en mi casa por culpa suya. Usted se metió en un lío por andar de borracho y yo tuve que ir a ayudarlo. Compré medicinas para curarle la descalabrada y los raspones. Le pido por favor que se ande con cuidado, porque si me vuelvo a enterar de que anda de broncudo, le voy a tener que pedir el cuarto. En esta colonia hay muchos problemas, pero si se da cuenta, aquí adentro es muy tranquilo, nadie se mete con nadie y la renta es muy barata. Así que espero que lo piense bien para otra vez que le dé por tomar.

Miraba de frente, aunque su expresión era de quien está pensando en algo distinto a lo que dice o ve. Parecía un tótem. Al lado del sillón había una mesilla y sobre ésta una lámpara. A pesar de que la tarde no podía ser más calurosa, su habitación estaba fresca, tirando a fría y con poca luz. No vi televisor ni radio. La oscuridad se acentuaba por el color ocre de las paredes. Algo me decía que había alguien escondido escuchando la plática.

—Le pido una disculpa. No era mi intención que usted se enterara. De hecho venía a agradecerle sus atenciones y que me haya subido al cuarto. Nada más una aclaración, no estaba borracho cuando usted me vio.

—No nada más lo subí al cuarto. Fui por usted hasta la calle.

—Mi vecina me dijo...

—A esa mujer no le haga caso —me interrumpió altanera y palmeando la revista en sus piernas—, Felisa es una mujer muy mentirosa. Manténgala a distancia, porque si no al rato no se la quita de encima. Ella fue quien terminó de curarlo, yo nomás lo acosté en su cama y serví agua, después me vine para acá porque estaba muy cansada, usted pesa mucho. Ella dijo que se encargaría de todo. Hasta parecía su esposa. Y fue ella quien me dijo que usted andaba borracho.

No tenía manera de callarla, se soltó vociferando sin importarle si me interesaba la vida de la vecina. Su tono seguía siendo de advertencia:

—Vive aquí desde hace tiempo y desde que llegó me ha traído a puras mentiras. Me dijo que no podía conseguir trabajo y que su hijo estaba muy mal. Le perdoné la renta un buen tiempo porque prometió que cuando se acomodara en algún lado iba a pagar todo de jalón. ¡Puras mentiras! Es una floja, por eso le quité la luz. A ver si así se largaba, pero no le importó. Total que ahora dizque me paga la renta limpiándome la casa y barriendo el patio. A veces la mando a la tienda, pero siempre se queda con parte del cambio y cree que no me doy cuenta. Como casi no salgo, ha de pensar que no sé lo que cuestan las cosas.

Tomó sus cigarros, prendió uno y se levantó del sofá con grandes esfuerzos. Con una mano reposando en su amplia cadera, comenzó a caminar alrededor de la habitación, como pensando en qué cosas más tenía que decir, me sentí en la necesidad de seguir haciendo la plática si es que quería pedir prestado a esa siniestra versión de Sara García.

—¿Y por qué no la ha corrido?

La verdad es que comencé a interesarme más por mi vecina y ganarme la confianza de la dueña.

—Por el chamaco —respondió con tono lastimero, llevándose la mano con la que sostenía el cigarro a la frente—. Me da lástima el pobre. Le habla uno y no hace caso, se queda viendo quien sabe qué, a cada rato se cae; el otro día usted cree que se quemó con el anafre que tienen en el cuarto y no gritó. A mí se me hace que está medio loquito. Les llaman mongoles, ¿no?

La habitación se había impregnado de una gruesa nube de humo. Poco a poco el tono de voz de la vieja se fue haciendo más enérgico. A leguas se notaba que no siempre tenía oportunidad de que alguien oyera sus chismes, así que le caí como anillo al dedo. Creo que la intención de que viniera a su casa obedecía más a esa razón que a la de advertirme. Necesitaba escuchar de mi parte la otra versión del incidente.

—Mire, le voy a pagar lo de las medicinas y todo lo que usted haya gastado. Nada más deje que cobre. Me quedé sin un quinto, me robaron el día que me peleé.

—Por cierto, ¿es verdad que se agarró con un perro? La chismosa de su vecina me lo contó todo.

—Sí, es cierto.

—¡Hágame el chingado favor! ¡Madre santísima

de Guadalupe!, pero, ¿en qué andaba usted pensando? Ora falta que hasta rabia le dé.

—Espero que no —respondí, decidido a esperar pacientemente el momento en que le pediría prestado. Rabia, nunca me pasó por la mente esa posibilidad. Pero no estaba dispuesto a ir al doctor. Sentí pavor de sólo pensar en las vacunas. Además, el perro no presentaba síntomas. O eso quise creer. Me levanté del sillón después de tragarme todo el sermón y nervioso por la idea de la rabia. Pero la anciana continuó con lo suyo:

—Le voy a dar un consejo. Usted sabrá cómo lo toma. Ándese con cuidado. La gente nada más lo busca a uno por interés, y Felisa va a encontrar la manera de molestarlo.

—Me pidió que la dejara instalar una conexión en su cuarto.

—¡Ya lo sabía yo! —expulsó una larga columna de humo hacia el techo y continuó quejándose echando humo por la nariz—. Oiga, si ella no me paga la renta no le voy a poner luz. No tengo por qué mantener a nadie. Vea, mi casa está limpia, no más viene a sacudir. ¿Qué puedo ensuciar si estoy sola?

Al decir esto, se quedó mirando hacia una puerta que estaba a mi izquierda. Instintivamente volteé. Estaba cerrada como si nadie hubiera cruzado por ahí desde hace muchos años. Regresé mi atención a la señora y ésta prosiguió:

—Hágale como quiera, nada más que si pone la extensión, le subo a usted la renta.

Sus advertencias me estaban sacando de quicio.

Recordé que quería pedirle dinero prestado, pero dudaba en hacerlo. No tenía otra opción, así que me aventé.

—Ahora que lo menciona, hágame un favor. Présteme dinero y se lo doy en la quincena. Como le digo, me robaron —esbocé una risilla que para nada venía al caso. Así me quedé hasta escuchar su respuesta. Estábamos uno frente a la otra.

—¿Qué le acabo de decir? No tengo dinero y tampoco acostumbro hacer préstamos. ¿De dónde sacan que soy rica? Si apenas y puedo mantenerme.

—En la quincena le pago todo.

Mi gesto desesperado la convenció. Se recargó en el brazo del sillón como si fuera a sentarse de nuevo. Intenté ayudarla, pero cambió de parecer y evitó mi ayuda con un manotazo. Luego fue hasta el otro lado del cuarto, cruzó una habitación oculta tras una cortina de gasa y minutos después regresó caminando pausadamente y con un puño cerrado. Su paso lento, pero firme, sin cojera alguna, la hacía ver fuerte y muy lejana de la muerte. Pensé que si se tragaba un litro de aguarrás no le pasaría nada.

—Tengo cien pesos, no más —extendió la mano para que tomara un billete arrugado y viejo. Lo guardé en el bolsillo de mi pantalón y le di las gracias. Puse una mano sobre mi cabeza, a la altura de donde tenía la cortada. Sentí vergüenza y no supe despedirme con palabras, así que caminé lentamente hacia la puerta sin dejar de ver a la anciana, como si temiera que al darle la espalda me fuera a lanzar un cuchillo. Ya en la puerta me dijo:

—Oiga, déme el teléfono de su trabajo, como casi no lo veo.

—Acuérdese de que usted tiene un depósito mío —repelé.

—¿Y eso qué? ¿A poco piensa que por lo que paga todos los gastos de la casa quedan cubiertos? ¿Y el bóiler, el agua y las llaves que le di cuando llegó?

—¿A poco eso me lo cobra aparte?

—¿Pus luego?

Quemándome de coraje le di el número de teléfono de mi trabajo. Lo apuntó en una libretita manchada de algo que parecía café. Después alzó la vista y me dijo:

—No sé si le interese, pero quiero pintar el patio y pasar unos tanques de gas a la azotea. Si usted lo hace, lo tomo como pago del préstamo y las medicinas.

—Ese trabajo vale más que los cien pesos y las medicinas.

—No puedo pagarle más.

—Lo voy a pensar —dije con tono burlón y abrí la puerta. Antes de salir del cuarto insistió:

—Oiga, pregúntele a su vecina por su dinero. A lo mejor ella sabe algo.

Su tono era malicioso. Agradecí el consejo mirándola a los ojos. Regresé a mi cuarto con la sensación de que una parte mía se quedaba con la vieja. Y probablemente no me equivoqué, porque dos días después me vi pintando el patio.

Mi decisión obedeció a que me corrieron del trabajo. Llegué seguro de que sólo tendría que disculparme por mi ausencia de un día, cuando en realidad fueron dos. Estuve recuperándome más de lo que pude haber calculado y perdí la noción del tiempo. Hasta entonces comprendí el reproche de la casera por no haber bajado a hablar con ella. Me dieron un finiquito de mil pesos y con ese dinero en el bolsillo me despedí para siempre.

IX

Pasaron varios días antes de encontrarme nuevamente con Felisa. Me dediqué a vagar por el vecindario mientras pensaba cómo obtener dinero sin tener que buscar un empleo que me atara a una rutina. No estaba dispuesto a regresar a ningún sitio donde estuviera encerrado todo el tiempo. Pensé en volverme el gato de la casera y hacerle trabajillos que pagaran la renta y me dejaran algo de dinero. Sin embargo, terminé por decidir que pasara lo que pasara, esa mujer no volvería a saber de mí y yo jamás me atrevería a pedirle prestado nuevamente. Me era difícil adaptarme al ocio involuntario, me distraía inventando situaciones absurdas producto de los incidentes ocurridos en los días anteriores: gestos y gritos que me mantenían nervioso. Poco a poco mis pensamientos se fueron sobre algo que se convirtió en urgencia: desquitarme del apostador que me había golpeado.

Empecé por regresar al baldío una tarde que amenazaba con lluvia, seguro de que en los alrededores habría alguien que me informaría de la fecha de una próxima reunión. Pero después de preguntar a dos o tres fulanos que vagaban por ahí me di cuenta de lo equivocado que estaba, en toda esa zona no había ninguna huella que me orientara sobre lo que quería saber, sólo el descampado y las vías del tren eran los vecinos permanentes del lugar. No podía culpar a nadie de complicidad con aquéllos, en ese medio lo más normal es no organizar apuestas muy seguido en un mismo sitio, conviene más rolar por diferentes puntos de la ciudad para no ser presa fácil de la policía. A los habitantes del barrio no los podía llamar cómplices, eran sólo sirvientes de sus propios miedos que se alimentan de tipos como los que organizan las peleas en el lote. Sólo los que tienen mucho dinero no se preocupan por nada, usan los jardines de sus casas y listo, a disfrutar del espectáculo sin riesgo de interrupciones. No me quedaba otra más que esperar a que el círculo se cerrara para volver a encontrarme por aquí con el apostador.

Mientras tanto, pensaba en la existencia de un Dios, el Dios de la revancha. Mi propio Dios. Y no me importaba recorrer todo el barrio con tal de lograr mis fines. Una revancha, legítima, contra ese tubazo en la cabeza, contra esa traición a la iniciativa que me había hecho diferente a la masa enardecida y cobarde y superior a la bravura de cualquier perro de combate.

El espectáculo de las peleas de perros siempre ha sido bastante productivo, así que no era posible que de la noche a la mañana todo se esfumara.

La cabeza me dolía y mi andar me llevó hasta una avenida por la que había pasado en varias ocasiones de regreso a mi cuarto sin prestarle atención. No tenía nada de particular, a no ser que era una recta enorme flanqueada por algunas viviendas maltrechas de un solo nivel y llanos con algunas vacas y basura amontonada. Por las noches, de esas viviendas sobresalían lucecillas que indicaban a los escasos automovilistas que se daba servicio de vulcanizado o que había venta tolerada de alcohol. Me recargué en la parada del camión y prendí un cigarro. Quería pensar sobre mi futuro inmediato. A no ser con las dos chismosas de la vecindad, hacía tiempo que no platicaba a mis anchas con nadie y mucho menos me distraía con alguna buena función de cine o de box. Quizás eso me llevó a pelear contra el perro. Una necesidad de ahuyentar el tedio buscando emociones nuevas. El cine no me interesaba, al menos por el momento. Cada vez que pensaba en meterme a una sala mis recuerdos me arrastraban a una época en que, desempleado como ahora, gasté mis pocos ahorros en boletos, fondas y anforitas de vodka acompañadas con naranjada. Diariamente la misma función. Lo de menos era la película, podía entrar a las matinés o por la tarde. Lo importante era que no faltara mi dosis. No salía del cine hasta terminar con ella. Una vez me quedé dormido, ahogado de borracho, hasta que en un intermedio fueron a despertarme. Me culpaban del fuerte olor a orines. No lo niego, me llegué a mear dentro del empaque de la narajada, pero fueron una o dos veces, no más. Otros hacían lo mismo, pero como al momento en que fueron a llamarme la atención estaba yo solo, cargué con toda la culpa, lo que por otra parte me hizo ver lo vulnerable que se puede estar cuando la oscuridad de un cine nos abraza. Lo de menos es que la sala apeste a mierda y que uno llegue a pisarla en las escaleras o que haya maricas agazapados en las butacas. En una ocasión, dormitando por los efectos del vodka, recargado en el respaldo de la butaca delantera, sentí que alguien se sentaba a mi lado, llorando conmovido por la historia: un tipo que boxeaba para sacar adelante a su pequeño hijo, un niño antipático que se la pasaba llorando y diciendo frases "inteligentes". El vecino de butaca moqueaba con cada secuencia. Me incorporé lo suficiente para ver de quién se trataba como en medio de una pálida bruma que parecía venir de la enorme pantalla. No comprendía por qué semejante historia provocaba tanta emoción en el fulano. Veía doble y ya no podía leer el subtitulaje. Me dieron ganas de ir al baño, comencé a escupir flemas espesas y agrias que no incomodaron al llorón, por el contrario, me puso una mano en la espalda y me pidió que me quedara ahí, a reposar. "Ando pedo", le dije al tiempo que me ponía de pie. El tipo prácticamente me sentó de un jalón e insistió en que me quedara. Sentí miedo, me sabía incapaz de correr o coordinar mis movimientos y palabras, mis reflejos eran lentos como para esquivar las manos del ojete, quien por otra parte me pareció muy fuerte. Fingí concentrarme en la película y esperé. Muy despacio, el maricón fue recargando su cabeza en mi hombro como cualquier enamorado. Puso una mano sobre mi pecho y siguió lloriqueando. Mi pulso se alteró al máximo, el miedo me empezaba a dominar por mi incapacidad de reaccionar. El tipo me acariciaba mientras frotaba su mejilla contra mi mentón y mis labios aprovechando que yo estaba petrificado. Apestaba a sudor y brillantina. Mi cabeza era un remolino de peligros próximos: desde morir apuñalado, ser violado, gritar inútilmente pidiendo auxilio o soportar con resignación lo que al puto se le ocurriera hacer conmigo. Jalaba aire probando si en un momento dado tendría la suficiente fuerza como para forcejear. Su oreja llegó a mis labios. Abrí la boca lentamente y las manos del tipo aprisionaron mis muslos y hombros, ansiosas pero calculadoras para llegar de un momento a otro a la bragueta. Cuando percibí el reblandecimiento del maricón, le mordí la oreja con todas mis fuerzas al tiempo que tiraba puñetazos desordenados que en varias ocasiones se estrellaron en las butacas; pataleaba frenético. Sus gritos de sorpresa y dolor rompieron el silencio de la sala. Tiraba manotazos a la cara y se retorcía desesperado; ayudándome de las butacas y la sorpresa lo puse bajo control en el piso con una tanda inacabable de golpes, pisotones, escupitajos y mentadas de madre. Él gritaba y se defendía con toda su fuerza, pero yo ya era un energúmeno. Llegaron los encargados del cine, me tomaron por la espalda inutilizándome con una llave china, recibí algunos golpes en la cara y amenazas de todo tipo, al marica también lo habían controlado, pero sin golpes. En la pantalla, el campeón moría por los golpes de un adversario de categoría, su hijito lloraba con ganas, como un siniestro muñeco con capacidad de deformar el rostro a voluntad, la mujer hermosa de la historia se veía obligada a tapar sus encantos por culpa de una escena lacrimosa pensada para familias. La gente se reunía a mi alrededor, despectiva, como quien ve a un animal sarnoso. Los encargados del cine me miraban con gesto severo y recriminatorio, como si yo tuviera la culpa de que el marica no hubiera saciado su apetito. Luego regresaron al interior del cine, me quedé frente a la marquesina esperando a que sacaran al otro o llegara la policía, pero no fue así. Los sujetos se pararon junto a la urna y desde ahí me amenazaban con una macana. Les menté la madre y me fui, en el camino de pronto se me ocurrió que lo mío era una veneración inconsciente a la muerte, pero descarté la idea por otra que me dejó más tranquilo: era la posibilidad de arrancarle a aquélla la vitalidad que le robaba a la vida, no aceptar la pasividad que exige un falso destino sediento de cobardes. Esta idea incierta, nacida de los efectos del vodka y la descarga de adrenalina, me acompañó en una discusión que sostuve con otro borracho en una cervecería no muy lejana del cine.

Llevaba la mitad del cigarro cuando pasó un camión con ruta al aeropuerto. Me quedé pensativo un momento y luego, aprovechando que el semáforo marcaba el alto, lo abordé. Íbamos pocos pasajeros, pero todos los lugares estaban ocupados. Dos paradas después subió un hombre muy gordo con el rostro lleno de lunares, vestido con una chamarra de pana deshilachada del cuello y los puños. Depositó sus monedas en la alcancía y el chofer le dijo algo que, debido a que me entretenía mirando por la ventana, no entendí. Se paró muy cerca de mí y se sostenía del tubo horizontal. Le faltaba el dedo meñique en su mano izquierda. Hacía frío y sin embargo él sudaba. Veía a ambos lados del camión como si le interesara saber exactamente cuántos pasajeros íbamos. Para ese entonces yo ya no lo perdía de vista, pero con disimulo. El chofer hacía lo mismo por el espejo retrovisor. Pensé que era un ratero y me tranquilizó por una vez saber que yo no traía más que unos cuantos pesos. El gordo parecía no darse cuenta de que era vigilado. De pronto, se empezó a convulsionar, jadeante, luchaba por sostenerse de algo. Cayó al suelo como bulto y siguió con los estertores, de su boca brotaba saliva espumosa que salpicaba su ropa cada vez que el hombre trataba de pedir ayuda. Al mismo tiempo hurgaba en una bolsa interior de su chamarra hasta que sacó una receta médica que movía desesperadamente en lo alto para que alguien la tomara. De un brinco me puse de pie para evitar que el epiléptico fuera a vomitarme. El resto de los pasajeros lo veían desconcertados, no sabían qué hacer. En eso el conductor comentó algo y los que estaban más cerca de él lo festejaron, se corrió la voz y al instante casi todo el pasaje reía del chiste, sólo yo y un anciano no entendíamos qué ocurría. Fue aquél el que nos sacó de la duda:

—Ya no te hagas pendejo, cabrón. Aquí no vas a

engañar a nadie, ya te conocemos, bájate o le hablo a la policía. No le vayan a dar dinero.

Cesaron las convulsiones. El gordo se incorporó lentamente, con dignidad, sacudió su pantalón, guardó la receta y masculló algo dirigido al chofer, éste le mentó la madre, detuvo el camión en seco y abrió la puerta trasera. El gordo escupió en repetidas ocasiones baba espesa y flemosa, nos miró a todos e hincado, con las manos en alto como implorando al cielo, dijo:

—Todos lo han de pagar allá arriba, todos.

Parecía pollo rostizado colgando de los alones cuando bajó del camión dando traspiés. Los pasajeros se reían con ganas y comentaban entre sí el suceso. El chofer arrancó de nuevo y reafirmaba su actitud sabihonda contando anécdotas sobre otras ocasiones en que había ocurrido lo mismo o de cuando había sido víctima de atracos. Yo seguía de pie, mirando al vacío sin reponerme del todo, pues por un momento el gordo logró engañarme. Una señora me tocó el brazo y dijo:

—No se apure, cuando llegue a su casa tómese una cucharadita de azúcar y cómase un bolillito.

Me miraba amistosa, pero no la tomé en cuenta. Me acerqué a las escaleras de descenso y toqué el timbre. Apenas bajé me dio un incontrolable ataque de risa que me hizo sentar en la banqueta para limpiarme las lágrimas y recuperar el aliento.

Estaba en la falda de un cerro y de ahí caminé un buen rato hacia la avenida que rodea unas pistas de aterrizaje. El paisaje parecía una serie de fotos que retaba a encontrar las diferencias entre sí. Conforme me iba acercando al aeropuerto el ruido de las potentes turbinas marcaba un ritmo machacante y acelerado en mis oídos. Apuré mis pasos. Busqué un mirador que por lo general está solitario y desde donde se puede apreciar con toda claridad el movimiento de los aviones. No es otra cosa más que una pequeña tribuna de cemento cubierta por un toldo de lámina oxidada y con hoyos. Para entrar en ella hay que arrastrar una puerta de alambre algo pesada que a nadie se le ha ocurrido clausurar definitivamente.

Hice mucho ruido al moverla. Cuando subí las escaleras, me sorprendió no ser el único que tuvo la misma idea. Una pareja fajaba al fondo, en la última grada. No tomaban en cuenta mi presencia ni el olor a orines y mierda. Estoy seguro que de no haber intrusos hubieran completado el numerito. Me hice el desentendido y miré a la pista. Tres aviones maniobraban, traté de adivinar si llegaban o se iban. Prendí un cigarro y me abroché la chamarra. Soplaba aire frío y polvoso. A lo lejos, las nubes amenazaban con vomitar un chubasco. Un avión a China y otro a California. Uno más pequeño, apenas visible tras la torre de control, a cualquier parte del país. Ésa era mi apuesta. Con gusto me hubiera largado en cualquiera de ellos.

La pareja se tomó un breve respiro y de inmediato se volvió a trenzar. Podía verlos por el rabillo del ojo. La tipa se veía más decidida. Pienso. No es posible que a estas alturas de mi vida sólo me involucre con mujeres de manera circunstancial. Nunca paso de ir a comer dos o tres veces con ellas antes de irnos a un hotel otras tantas veces hasta que me aburro. Soy franco con ellas y les digo que lo único que deseo es que sean un reposo después de toda una jornada de trabajo, les pido que me tomen de la misma manera, pero no quieren, si no hay algo que nos amarre, reniegan. Yo no tomo a mal que me cuenten sus penas o sus ilusiones aun cuando siempre van por el mismo tono. Las frustro. Oigo sin escuchar. Servirles de frontón para rebotar sus líos es lo de menos si es que no se niegan a ir al hotel. Pero no, tarde o temprano aparece el fantasma del juez de paz y no, no estoy buscando que uno de ellos me recite la epístola de Melchor Ocampo. Siempre termino igual, regresando a mi silencio, no sé qué decirles, o si quiero decirles algo. Ellas se van confundidas, desilusionadas pero convencidas de que es lo mejor.

Llegó una familia. Un señor gordo, su esposa gorda y sus hijos gordos. Bonita piara. Se sentaron en la orilla opuesta a donde yo estaba. Hacían ruido al mascar sus elotes asados. Los chiquillos arrojaban los restos al alambrado. El matrimonio veía insistentemente a la pareja del fondo, cuchicheaban algo y luego se daban un beso y un abrazo. Aquéllos terminaron por incomodarse y abandonaron el mirador. El tipo se cubría la erección con su chamarra. Ella caminó como si nada, iban bien calientes. Minutos después la familia se fue también. Los chiquillos rezongaban pues querían quedarse. El padre se negó pretextando la cercanía de la lluvia. Cuando me quedé solo respiré tranquilo, exhalando pausadamente para llevar el mismo ritmo de un avión que alzaba el vuelo. A su izquierda se veía una parte de la ciudad envuelta por una gasa de humo.

Quedarme ahí o regresar antes de que la lluvia llegara. Yo, esperando a que con la misma velocidad de un avión una idea me pusiera claro el rumbo a seguir en lo sucesivo… algo me incitó a saber de mi padre, hacía mucho tiempo que no tenía noticias suyas, sin embargo, yo sólo estaba preocupado por dos cosas: buscar al apostador que me golpeó y saber un poco más respecto a Felisa. De alguno de los dos tenía que cuidarme.

X

Pasé casi dos horas viajando en pesero para llegar a casa de mi padre. El tiempo parecía haberse petrificado. Algunos edificios mantenían sus sirenas y reflectores en lo alto. Siempre fue un barrio difícil, estrecho como un laberinto imposible y peligroso para la vigilancia de la policía; cada quien se cuidaba a sí mismo y la presencia fantasmal de aquélla era recibida como eso: un espectro que atemoriza y que uno reza para hacerlo desaparecer. Había una banda que mantenía a raya al vecindario. Se hicieron de tantos enemigos que llegó un momento en que éstos se juntaron para hacerles frente. Casi diario había variedad. Hubo muchos balaceados. Por eso se instalaron las sirenas y los reflectores. Equipar el barrio no significaba que los vecinos buscaran la paz, sino un deseo de que la violencia tomara una personalidad que la distinguiera de las colonias cercanas, igual de peligrosas, y ganar un prestigio que no llegaría por otros medios. La idea fue de un señor fornido que por lo regular andaba borracho o mariguano, nunca le molestó que hubiera una banda tan peligrosa en su calle porque sus hijos formaban parte de ella, siempre la apoyó, y cuando había pleito era de los primeros en dejar su lugar en la ventana de su casa para salir a la calle con un garrote tallado por él mismo.

Él iba la vez que mataron al violador de su vecina. Lo ajusticiaron en un trolebús, venía de trabajar. Lo golpearon hasta cansarse. Amaneció muerto y capado. Las investigaciones para detener a los culpables fueron pura formalidad. En primera, porque el muerto era un violador; segunda, no había testigos más que los propios asesinos y nadie estaba dispuesto a declarar en contra de ellos. Todos sabíamos que tácitamente se había aceptado la ley del talión.

Como siempre, en cada esquina había grupos de jóvenes pensando en hacer algo que no los llevara muy lejos del barrio. La opción era ser violentos siempre y cuando no tuvieran que correr mucho. No me molestaron, me seguían con la mirada, vigilantes. No por respeto, me toleraban porque algunos intuían o recordaban lejanamente que yo había sido huésped distinguido de ese lugar. Tenían el mismo comportamiento que sus hermanos mayores, ya dedicados a mantener una familia o tirados por ahí, en algún prado vomitando los vicios, apoyándose en algún pasamanos o volantín. Pero era otra su actitud. Retraídos, ensimismados, comunicándose a través de gestos o miradas esquivas, alrededor de una grabadora enorme. Escuchaban la música a un volumen altísimo, era más variada, pero en ningún momento se podía pensar que les daba una identificación. Podían ser agresivos y mortales, pero mientras tanto la música les recordaba su destino sentimental. De no haberlo comprobado por mis propios ojos, me hubiera parecido increíble que esos jóvenes de mirada gatuna gustaran de oír las mismas baladas simplonas con las que sus hermanos mayores se pasaban el indigesto heavy metal y su violencia creyente en diablos y santos.

Caminando sobre una de las avenidas principales llegué a una barda muy cerca de la casa. Terminaba en un callejón empastado. Nos reuníamos ahí para tomar cerveza un grupo de doce a quince vagos. Todas las noches durante años y más años, platicándonos las mismas cosas salpicadas de anécdotas nuevas si es que alguien durante el día había tenido un incidente digno de mención. Casi siempre eran atracos, estafas o despidos del trabajo. En el fondo a nadie le importaban, pero era mejor que dormir temprano. Mejor desvelarse y no saber del día hasta después de las cinco de la tarde. En las mañanas, deprimentes, el barrio quedaba vacío y nos traía cierto remordimiento porque sabíamos que en ese momento la mayoría estaba ocupada en el trabajo o la escuela. Estábamos lejos, muy lejos de las mujeres y a tiro de piedra del rencor.

Una noche nos agarraron tragando moscas, es decir, hasta la madre. Nos pusieron de espaldas a la pared con las manos en la nuca y las piernas bien abiertas. El cerebro no alcanzó a los policías más que para acusarnos de drogadicción y vagancia. Era normal, unos y otros habíamos llevado los mismos libros en la primaria. No hacía falta buscarle mucho, era cierto. El caso fue que los polis decidieron que era mejor darnos una golpiza ahí mismo que llevarnos a la delegación. Nos pegaron con sus macanas en las corvas hasta que nos hicieron caer al suelo, ahí nos dieron con ganas en la cabeza, espalda y donde se pudiera. Uno de nosotros tenía un bote de pintura en aerosol. Se lo quitaron y con él nos rociaron por todo el cuerpo. El broche de oro fue quitarnos las pocas monedas que traíamos.

Luego de esa noche, las reuniones ya no eran las mismas si no había problemas con los granaderos. Nos divertíamos, después de todo.

Llegué a casa de mi padre y me encontré con que Toña, su mujer, estaba a punto de salir. Iba llorando y seguida de su hijito "el Sapo". Quiso fingir que no me había visto y aceleró el paso, pero la atajé:

—¿Qué pasó?

—Ay Edén, ¿pues que no te enteraste? Murió tu papá. Ya hasta lo enterraron. Yo me regreso a mi pueblo.

Toña era una sirvienta que a la muerte de mi madre había pasado a ser la concubina de mi padre. Se había pasado el tiempo chupándole el seso —entre otras cosas. Había convertido la casa en un auténtico invernadero de porquerías. Al viejo no le quedaba otra, nunca pudo resistir la soledad. Yo me largué un día sin avisarle, a ninguno de los dos nos hacían falta buenos deseos para el futuro. Había sido toda su vida un patriarca y de un momento a otro se quedó sin nadie a quien latiguear. Toña resultó ser lo que tenía más a la mano. Yo lo había abandonado seguro de que tarde o temprano, de seguir con él, acabaríamos de la greña. Para mi padre yo era algo así como un ave de mal agüero que siempre vaticinaba desgracias. Lo que el viejo nunca entendió es que su situación era tan miserable que para nadie era difícil predecir lo que podría ocurrir en esa casa. Enfermedades de todo tipo, promiscuidad, refugio de ladrones y animales, desde ratas hasta perros sarnosos. Todo. Pero yo era el único que se lo decía abiertamente. Los vecinos y sus amigos lo toleraban con tal de que no los molestara pidiéndoles dinero. Además de que nadie soportaba su mal genio y su violenta arrogancia. Sólo Toña, tan estúpida que su máxima ilusión era, llegado el momento, quedarse con unos trastes que nadie reclamaría.

—¿Cuándo murió?

—Hace tres días. Su hermana Catalina ya vino a disponer de todo, hasta puso la casa a la venta y dice que el dinero se lo va a quedar ella para reponerse de lo que gastó en medicinas y hospital. A mí me corrió como si nada. Y ahora no sé qué hacer con mi niño.

Toña se soltó chillando escandalosamente y trató de tomarme la mano. La rechacé. ¿A mí qué me importaba lo que le pasara? Ya bastante tiempo había estado aquí viviendo de gorra y con un niño que no era de mi padre.

—Quiero ver la casa.

Regresó sus pasos, sacó una llave de su maletín y antes de abrir la puerta me dijo:

—Deberías de hablar con tu tía, siquiera que me deje las ollas de peltre, nadie las necesita.

—A mí no me digas nada, si quieres las ollas llévatelas, pero déjame esa llave.

Toña sonrió agradecida y me extendió a regañadientes la llave. No tuve tiempo de descubrir por qué quería conservarla consigo. Ya no había nada que se pudiera llevar, a excepción de las ollas. Su hijo quiso cruzar la puerta, pero lo detuvo con un golpe en la cabeza. El chiquillo se soltó llorando.

—Llévate a tu niño de aquí. No quiero que pasen. Váyanse, si llegara a venir mi tía yo me encargo de todo.

Toña aceptó en silencio, recogió su morral del suelo, tomó a su niño de la mano y continuó su camino. La seguí con la mirada hasta que se perdió entre una vereda de arbustos que nunca crecieron.

El viejo vio morir muchas cosas. A mi madre, a sus ilusiones, al amor por su familia. A sus perros Ringo, Monki y Saqui. Él mismo vivió su agonía prolongadamente. Abandonado y sin la caridad de nadie, ni siquiera de Toña. Incluso su soberbia murió antes que él. Negaba todo lo que él consideraba que no le hacía justicia. En algo nos parecíamos. Su soberbia era muy auténtica, casi como la de un campeón de boxeo. Siempre decía que, en determinado momento, todos podíamos tener entre manos una verdad digna de ser oída. Platicaba con fluidez y seguro de que era ameno. Pero siempre lo hacía midiendo a su público para de repente tirar de pedradas.

Pocas veces llegué a beber con él. Casi me forzaba. Le hacía saber mi desinterés por su plática riéndome de lo que para él era magnífico. Sus historias de hazañas me las retorcía en la boca como para que me quedara claro que nunca podría siquiera igualarlas. Tenía historias de todo tipo y en todas él era el protagonista principal. Algunas de ellas me constaban, sobre todo en deportes, lo llegué a ver pelear contra dos y correr en un campo de futbol durante el tiempo reglamentario al ritmo de chamacos a quienes les doblaba la edad. Pero también lo llegué a sorprender llorándole a mi madre para que lo dejara entrar en la casa después de haberse pasado una semana de borracho. Siempre supe que tenía otras mujeres y él nunca se encargó de desmentirlo, disfrutaba con esa fama de rompecorazones.

Tocaron a la puerta. Me quedé inmóvil, dudando entre abrir o dejar que se largaran. Finalmente la curiosidad me ganó y abrí. Era un vecino que venía a recoger dos sillones raídos que decía que Toña le había regalado.

—Escuche —dije—, Toña no tiene autorización para regalar nada. Si quiere llevarse los sillones, tendrá que sacar la basura que hay en los cuartos.

El hombre, lejos de incomodarse, lo tomó como un acto de generosidad. Dio un grito llamando a sus hijos y en el acto aparecieron tres chamacos pelones que a una orden de su padre, recogieron en unos cuantos minutos todo lo que les dije que no quería. Prendí un cigarro mientras husmeaba en la casa, y deveras no había nada que sirviera. Se habían llevado todo, hasta mis revistas. Toña sacó la mejor tajada, aunque estaba seguro de que mi tía también había venido a hurgar entre los desperdicios. Siempre tuvo la idea de que mi padre escondía alhajas y otros objetos de valor, como figurillas de bronce o fotos raras.

Un olor llegaba del fondo del patio trasero. Fui hasta ahí y busqué en los rincones hasta que encontré un gato tieso. No sé cuánto tiempo llevaría ahí, pero de menos un mes. Si mi padre había muerto unos días antes, ¿cómo era posible que no quisiera sacar al animal de ahí? A Toña tampoco pareció preocuparle. Me dio asco y regresé aprisa a la estancia. Tomé del sofá un pañuelo viejo y decolorado pero bastante limpio en comparación al resto del mobiliario y trebejos, y con él me protegí la nariz.

El vecino y sus hijos habían terminado de recoger todo y se disponían a sacar los sillones. Salí de la casa para no estorbar. No tardaron ni cinco minutos y ya no regresaron.

Entré de nuevo. Me sentía confundido, mi padre acababa de morir, pasé cinco años sin verlo y ni siquiera sentía pena por él. Al contrario, me había quitado un peso de encima. Me pregunté si lo adecuado era llorar y buscar a alguien cercano a nosotros para hacerle saber la noticia. Pero habría tenido que forzarme, no tenía ganas de llorar por mi padre y tampoco sentía dolor por la pérdida. La distancia había hecho de nosotros dos un par de referencias innecesarias en nuestros actos. Me sentí cansado y con sueño. Aproveché para quedarme dormido en su recámara.

Desperté por el ardor de las ronchas que me comían el cuerpo. El camastro estaba lleno de pulgas. Fui al baño a orinar y a lavarme, pero no había agua. Salía un apeste insoportable. Terminé y tapé el excusado con un cartón.

No tenía a qué quedarme, ni la menor intención de esperar a la farisea de mi tía. Del viejo sólo me iba a quedar con su recuerdo. A pesar mío. No dejó nada que pudiera interesarme, fuera de unas cuantas fotos donde salíamos Ringo y yo. Las rompí, aparecía con primos, vecinos y, en todas, mi padre atrás, a lo lejos con sus ojos inyectados de reproches. No me interesaba mantener contacto con ningún familiar. Mi padre había sido el último nexo. Ahora sólo me quedaba conmigo mismo. Sin nada que ofrecerle a la vida y nada que la vida pudiera ofrecerme. Lo mejor era seguir así. Cada paso que daba me alejaba más y más de un pasado que deseaba, como ninguna otra cosa, enterrar en mi memoria.

Salí de la casa. Emparejé la puerta y en una coladera tiré la llave que me dejó Toña. Respiré tranquilo.

XI

Regresé al cuarto. Aún no llovía. Compré dos tortas, cigarros y unas cervezas. Iba de buen humor, con hambre y ganas de mirar la tele. Me sentía como si hubiera hecho ejercicio toda la tarde. Tenía tenso el abdomen. Abrí el zaguán y noté que estaba apagado el foco del pasillo. De la casa de la señora salía una luz débil que me hizo pensar que la anciana estaba dormida. Mientras subía las escaleras le menté la madre entre dientes. Cada escalón me recordaba la friega que me puse subiendo los dos tanques de gas a la azotea y de las cuatro manos de pintura que tuve que darle a los muros del pasillo para quitarles la tonalidad azul y volverlos blancos. Todo por cien pesos. No, no le iba a pagar la renta por un buen rato y jamás me volvería a prestar para hacerle trabajitos a la pinche vieja. Así se estuviera muriendo. Estábamos a mano.

Abrí el cuarto y me detuve en el umbral, las sombras proyectadas en las paredes me parecieron hermosas por su sensación de abrigo y tranquilidad que hacía mucho no sentía. Lo único que desentonaba era el olor a encierro, ese humor acedo tan familiar para mí. Dejé mi cargamento sobre la mesa y me apoyé de nuevo en el marco de la puerta. La sombra de la ventana se reflejaba en diagonal sobre mi caja de libros y en una esquina de la cama. Quise recordar alguna secuencia de las novelas que había leído, donde algún fantasma llegara a su casa y se sintiera tranquilo. Fue inútil, no soy un gran lector y menos de esa clase de historias, pero siempre hay una o dos imágenes que se me quedan muy claras. Algo me hizo pensar que estaría bien recordar esa agradable atmósfera en mi cuarto cada vez que prendiera la luz.

Abrí la ventana y emparejé la puerta. Prendí el televisor y ya acomodado en la cama me comí una torta acompañada de tres cervezas. No ponía atención a los programas y me dejaba llevar por divagaciones refrescadas por el viento nocturno. Mis pensamientos iban de un rincón a otro de mi pasado, tratando de sostener algún razonamiento afín a las imágenes hechas en complicidad con la semioscuridad azulosa. Podía sentir cómo mi pelo se movía suavemente con el aire y opté por concentrarme en los sonidos que venían de fuera. Grillos y ruido de motores formaban una melodía interpretada únicamente para mí. Estaba adormilado y encogiendo lentamente las piernas para desanudarme las botas. Tenía pensado buscar al otro día a un amigo para emborracharme, o a alguna mujer con quien pasar la noche. No aquí en mi cuarto, en otro lugar, un hotel quizá. Cualquier sitio que mantuviera ajeno de intromisiones el único punto de reposo que tengo. Quizás no sería mala idea buscar otra pensión, en un rumbo de la ciudad donde pudiera caminar de noche sin sentirme agredido o vigilado por construcciones repletas de pobreza y hambre, sin nadie con quien conversar a no ser chismes lacrimosos. En fin, necesitaba dinero y no estaba dispuesto a quebrarme mucho la cabeza para obtenerlo.

Miré a la ventana y me quedé con la vista fija en el paisaje. Hubo un momento en que creí tener pleno conocimiento de dónde estaba, todo aparecía ante mis ojos como sombras cobijadas de niebla hermética que me impedían ver completamente una luna incapaz de iluminar la noche por causa de las nubes rebosantes de agua a punto de caer.

No pude seguir recostado, me incorporé para apagar el televisor y fui a recargarme en la ventana. Aspiré con fuerza. Escuchaba claramente los ruidos que venían del baño y del cuarto de al lado. Recordé la petición de Felisa y las recomendaciones de la casera. No tomé en cuenta esto último, tenía ganas de hablar con alguien.

XII

Me gustan las serpientes porque se parecen a las mujeres. Son vigilantes, esquivas, sedentarias. Muchas veces mortíferas. Reposan largos periodos mientras recuperan fuerzas y luego salen de su nido en busca de una presa a la que asedian sin descanso, tenazmente, hasta verla desprotegida. Rara vez van tras ella, pues las dos saben que su campo de acción es afín. Las víboras descubren sus intenciones a través de movimientos sensuales o se muestran indiferentes a todo aquello que no les interese. Parecen estar dispuestas en todo momento al peligro, aunque en realidad lo que hacen es disfrutar con la angustia de los otros. Es entonces cuando enrollan a su presa o inyectan su veneno. Su naturaleza astuta las hace parecer necesitadas de nuestra protección, aunque son más fuertes que uno. Quizás sea porque cambian de piel.

Hallé a Felisa con su dedo índice rozando la pared que le servía de respaldo. Cuando entré en la habitación no pareció sorprendida. Miraba al techo despreocupada mientras su hijo dormía a un lado. Tenía una vela al pie del camastro. Con la luz de la flama su rostro parecía escapar de un orificio iluminado. A pesar de que tenía la ventana cerrada el cuarto estaba fresco, casi agradable. Me quedé de pie junto a una caja de cartón puesta al lado de la puerta y esperé a que Felisa hablara. Pero sólo me miró con ojos como los de una beata harta de rezar.

—Vine por lo de la extensión —dije, un tanto desconcertado.

—Siempre sí.

Su respuesta me hizo sentir como si me estuviera haciendo un favor.

—Siempre sí qué —respondí retador.

—Es que como no me aseguró nada pensé que a lo mejor no me hizo caso.

—Pues ya ve, aquí estoy.

Quién sabe a qué se refería realmente. Se incorporó del catre cuidando de no despertar a Aníbal. Traía una bata de noche y debajo un fondo. Su pelo le caía por un costado de la cara. Se acercó a la caja que estaba a mis pies y hurgó en ella hasta encontrar un cable con sóquet y foco.

—Aquí está —dijo. Quedamos muy cerca uno del otro. Percibí su olor a humedad. Me hice hacia atrás un paso, tomé el cable por el lado del enchufe y salí del cuarto.

Cuando regresé, el foco colgaba a la mitad entre el techo y el piso, sostenido por una armella. No había apagado la vela. La luz intensa me permitió descubrir detalles que en mi visita anterior pasé por alto: muros cuarteados, despintados y cacarizos. El rincón opuesto a la cama ahumado por hollín. Un cartón podrido y rugoso cubría el ventanal. Había ropa tirada en el piso sobre un hule y bajo la cama juguetes viejos y una cajita de plástico.

—Está mucho mejor así —dije, refiriéndome a la luz.

—Sí, por el momento. Creí que después de ir con la señora no iba a querer prestarme su luz. Con eso de que ella nada más lo está vigilando a uno.

Estuve a punto de contarle todo lo que la vieja me había dicho, pero me contuve a tiempo. Me fijé en su cara, pálida y enjuta. Una cueva profunda en cuyo fondo reposaba un baúl lleno de resentimientos. Pero toda ella se notaba fuerte. Su ánimo no pareció cambiar mucho con la iluminación. Volteó a ambos lados del cuarto y me ofreció:

—¿No quiere un té? Ahorita lo hago en la parrilla.

—Bueno, voy mientras por mis cigarros. Gracias.

—Yo tengo, no se moleste. Alcanza para los dos.

Se agachó para tomar los cigarros de debajo de la cama y luego, desde ahí, me ofreció uno. Quedaban cuatro.

—Casi no fumo, me duran un montón. Lo hago de vez en cuando, antes de dormir o cuando platico con alguien.

En ese momento despertó el niño. Para variar, llorando como si lo torturaran. Felisa lo tomó entre sus brazos y le acarició el pelo mientras me sonreía, disculpándose. Era un hígado el chamaquito.

—Siéntese en la cama. Ya se ha de haber dado cuenta de que no tengo ni sillas.

Hice como que no había escuchado y me senté lentamente en el catre, volvían mis dolores en las corvas. El chiquillo aumentó el volumen de sus berridos. Su madre trataba de calmarlo diciéndole palabras que para mí no tenían sentido. Era un código nada más para ellos dos. Al fin calló Aníbal y se soltó de los brazos para tomar los juguetes del suelo.

Felisa sacó una parrilla de donde tomó la extensión. La conectó al sóquet y salió por agua a la pileta. Mientras esperábamos a que hirviera el agua, prendimos un cigarro. Me preguntó:

—¿Es cierto que los delfines hablan?

—No sé, creo que tienen un lenguaje que les permite comunicarse entre ellos. ¿Dónde oyó eso?

—En casa de la señora, en un programa de radio.

—¿Y por qué me lo pregunta?

—Nada más por saber. Es que la señora dice que no es cierto, que los únicos que podemos hablar somos los humanos. Y no todos.

—Hablar como lo hacemos usted y yo, no. Pero los animales se comunican a su modo. No sé, como los perros o los pájaros.

—Es lo que yo también digo, pero ni modo de contradecir a la señora, luego luego se enoja.

—Sí, me consta.

Me pregunté cuál de los dos tenía más ganas de platicar con alguien, pero esta mujer no estaba dispuesta a cerrar la boca un momento.

—¿Tiene mucho tiempo viviendo aquí? —insistió.

—Seis meses.

—Yo llevo dos apenas.

—La señora dice otra cosa.

—No.

—¿Y de qué se mantiene?

—Hago limpieza en las casas, sólo que ahorita tengo problemas porque no tengo dónde dejar encargado a mi hijo. Antes ayudaba a cuidar niños en un kínder, pero ganaba muy poco y empecé a vender perfumes por las tardes. Lo dejé porque tuve problemas con el señor que me fiaba la mercancía, era bien abusivo. Y lo de la guardería me fastidió, iban niños de familias ricas y un día a una de las mamás se le ocurrió ofrecerme trabajo en las vacaciones cuidándole al chamaco. Acepté, y cuando menos me di cuenta, ya iba yo todos los días a ayudarle a la señora, pero ya no nada más con el niño, a todo. La acompañaba al súper, limpiaba la casa y hasta hacía la comida. Después me fueron saliendo trabajos con otras señoras.

—¿Y por qué no siguió así?

—Una de las amigas de la señora con la que empecé a trabajar me acusó de ratera y me amenazó con meterme a la cárcel, pero no pudo comprobar nada y a raíz de ese problema me cerraron las puertas en todas partes, metieron un escrito a la escuela donde yo trabajaba, denunciándome, entonces cuando quise regresar ya no pude. Aquí llegué por pura casualidad, una amiga me recomendó la pensión porque ella vivía aquí, me presentó con la señora y le conté mi problema y se ofreció a darme el cuarto a cambio de que le ayudara con sus cosas. Aunque más bien lo que quería era tener a alguien con quien platicar. Todas las semanas se hacía tonta con mi pago, hasta que le dije que necesitaba mi dinero y se enojó, me empezó a hacer cuentas largas del cuarto, de la luz, de las comidas que me había invitado; por fin me pagó, pero al rato me cortó la luz. Ahora le sigo ayudando pero me da cualquier cosa, apenas y me alcanza para mal comer. Pero ai va saliendo. No sé qué le haya dicho la señora de mí, pero no le crea. Siempre habla mal de todo mundo.

—Lo que haya dicho la casera de usted no me interesa. Además, ¿cómo sabe que habló mal?

—Porque así es ella.

Sentada a un lado mío se agachó para buscar una lata de sardinas que servía de cenicero. La puso en medio de ambos. Me di cuenta de que la cobija tenía varias quemaduras de cigarrillo.

Aníbal abrió la puerta y se quedó mirando al cielo. Llovía, suave y persistentemente. Aquel esbozo de luna que un rato antes había visto tras mi ventana se apagó por completo.

—No te vayas a salir porque te mojas —le advirtió Felisa. Por respuesta, Aníbal señaló un charco que se hizo en la entrada y corrió al fondo del cuarto. Recargado en la pared, miraba a la puerta como hipnotizado.

—Qué bueno que llueve, hacía mucho calor —dijo Felisa.

—Sí, ojalá caiga un tormentón —respondí.

Felisa parecía tranquila, como resignada a cualquier desgracia que pudiera ocurrirle a ella o a su hijo. Su mirada era inquieta y frecuentemente me observaba por un instante, luego desviaba la vista hacia cualquier punto dándole una larga chupada al cigarro.

—¿Cómo va su cortada?

—Ya se hizo costra. No era de peligro.

—Pero le salió sangre como si le hubieran partido la cabeza en dos. Pobre de usted. ¿Qué tal que no lo he reconocido? Se hubiera quedado en el baldío.

—De todas formas me hubiera recuperado. La herida no es profunda y no es la primera vez que me pasa.

—¿A poco seguido se pelea con perros?

—No precisamente. Y mírame, no me pasó nada.

Estaba hablando idioteces y lo sabía muy bien. Ya hasta la comenzaba a tutear. No era ésa mi finalidad, pero, ¿qué otra cosa podía hacer con alguien así?, tan distante de mí e incapaz de darle movimiento a sus actos. Era como si hubiera pasado encerrada toda su vida en ese cuarto. Recordé las fotos que vi en mi visita pasada. Yo sabía su nombre y ella no sabía el mío. O al menos eso pensaba. Total que en ese momento estaba pensando en despedirme sin tomarme el té, pero se anticipó:

—No tengo azúcar —me extendió un pocillo de plástico con un dibujo manchado con la forma de un pato. Aníbal lo notó y empezó a lloriquear exigiendo su traste. Dejé el pocillo en el piso esperando a que el niño se callara. Entonces se me ocurrió que lo más conveniente era eliminarlo de la jugada.

—A lo mejor se calma si le prendo la tele.

—Uy, pero si la trae se va a mojar.

—Que se vaya a mi cuarto en lo que me tomo el té.

Felisa alzó al niño y le preguntó si quería ver la televisión. Aníbal movía la cabeza enérgicamente, negándose. Su madre no le hizo caso y esperó a que yo tomara la delantera rumbo a mi cuarto. Cuando salimos, casi me caigo a causa de un tubo de agua que cruzaba el piso en dirección al baño. En ese momento el niño dejó de llorar, divertido por mi tropiezo y posiblemente por el efecto de la lluvia en su carita. Prendí la luz de la habitación y acomodé el televisor de tal manera que quedara muy cerca de mi cama. Felisa sentó a Aníbal en la orilla sin importarle que hubiera botellas de cerveza y media torta envuelta en papel grasoso.

Ante la pantalla, Aníbal volvió a desconectarse de todo y se quedó petrificado mirando las siluetas un tanto distorsionadas.

Su madre y yo salimos del cuarto silenciosos.

Fue tan sencillo y la vez tan absurdo que no pude más que experimentar una extraña sensación de no ser yo el que estaba acariciando tímidamente las rodillas de Felisa. Suaves y frías seguían el vaivén de mis manos. Yo no miraba otra cosa que no fueran sus piernas. En mi mente permanecía fijo aquel compás formado por ellas, abiertas involuntariamente la primera vez que estuvo en mi cuarto y levantó a su hijo del suelo.

Ni siquiera tuve que subirle el fondo. Después de dejar a Aníbal en mi cuarto nos sentamos de nuevo en el catre, más juntos aún, sin que el cenicero delimitara la distancia. Hablábamos a susurros de cualquier cosa. Las palabras sólo eran una espátula para quitar cascajo. Felisa se me acercaba de tal manera que el fondo se iba recogiendo y la bata poco a poco se abría. Manoteaba nerviosa y veía de reojo cómo yo comenzaba a juguetear primero con sus rodillas y después, con mucha calma, en sus muslos. Estábamos tan cerca uno del otro que el vaho de su aliento humedecía mi nariz y mi boca. Tabaco y aliento saliendo de estómagos acostumbrados al ayuno. Me abstuve de besarla pues disfrutaba de su inquietud, que apenas le permitía fingir que no se daba cuenta de mi manoseo. Con una mano acariciaba la entrepierna y mientras me desabotonaba la camisa bajé el cierre de mi pantalón. Felisa veía el gusano impaciente por sobresalir de mis piernas al tiempo que hablaba y hablaba sin parar como si mi verga escuchara. Llegué hasta el resorte de su pantaleta desplazando mis dedos por sus caderas y vello. Cuidaba de no llegar más abajo. Subí una de sus piernas sobre las mías y entonces la tuve abierta completamente, ella hablaba cada vez a intervalos más espaciados y entrecerraba los ojos. Le pedí que me siguiera contando de las casas donde había trabajado y le hacía preguntas con el único fin de ponerla en evidencia. ¿Tienes frío? ¿Cómo se llamaba tu patrona? ¿Quieres que me vaya? Me acerqué más a ella y le susurré al oído cuanta idiotez se me ocurrió. Me excitaban sus jadeos y el temblor de sus hombros. Le mordisqueé las orejas en lo que ella me tomaba de los brazos con fuerza pero sin impedirme maniobrar a gusto. Me dolían los raspones pero lo soporté. Se alzaba ligeramente de la cama para que yo pudiera bajar sus pantaletas blancas y con agujeros. Nos fuimos removiendo hasta quedar recostados. Sus piernas relajadas me descubrían el óvalo púrpura húmedo y brioso. Buen anfitrión. Terminé de quitarme la camisa tan lentamente como pude, me ayudaba con una mano para no perder el ritmo de mis caricias, hice lo mismo con el pantalón, aunque me costó más trabajo porque se me hizo nudo una agujeta, pero Felisa no se impacientó. Mis manos se concentraron en sus senos, más grandes de lo que aparentaban tras la bata, caídos pero con los pezones duros como pistaches. Los pellizqué hasta que con unos gemidos cercanos al dolor Felisa me tomó de las manos y las puso de nuevo en sus caderas, había dejado de murmurar y se mantenía con los ojos cerrados. Su respiración era profunda e inconstante, la sentía más por su vientre; besaba su ombligo y sus caderas, coloqué mis manos en el interior de sus muslos, los subí a mis hombros y empecé a lamer y a besar. Sus talones se apoyaban firmemente en mi espalda, Felisa se contoneaba muy lentamente acariciándome el pelo, como si me quisiera enrollar a su cuerpo. Cuando llegaba a mi herida, me producía un ardor prolongado seguido de comezón que terminó por excitarme. Pasé mi lengua sobre su sexo hasta que llegué al clítoris, lo mordisqueaba y luego volvía a lamerlo, así lo hice hasta que la viscosidad en mi boca me hizo buscar aire fresco. Me incorporé con sus piernas reposando en mis hombros y luego la penetré cuidadosamente, pero el ritmo de Felisa era más acelerado. Su voluntad se había ido. Aproveché su contoneo frenético para penetrarla por el ano, tuve que sostenerle firmemente las nalgas en lo que atinaba el disparo. Un quejido más grave que los anteriores salió de la garganta de Felisa. Pregunté si le dolía y por respuesta siguió moviendo sus caderas y jalándome hacia ella ayudada por sus pantorrillas. Casi me tira del catre. Los callos de sus talones raspaban mi espalda. Mientras la montaba me llegó el olor agrio de su sexo que condensó su sabor en mi boca. Pellizcaba sus nalgas y me impulsaba hacia adelante sintiendo las contracciones de su ano completamente relajado. Quise montarla por más tiempo pero su meneo me hizo tener una venida como descarga de hielo sobre mi espina dorsal. Contagié a Felisa. Gritó al tiempo que atenazaba mis brazos y se mordía los labios. Aún relajado, me quedé dentro de ella. Froté sus muslos y lentamente los quité de mis hombros. Antes de quedar tendido en su regazo pude ver mi sombra cubriéndole el pecho y por un momento la barbilla. Mi pito rozaba una parte de la bata. Felisa pasó sus brazos por mi espalda y así nos quedamos un buen rato en lo que nuestras respiraciones recobraban el ritmo de la gente que vive desesperada: profundo y caliente. Podíamos escuchar el ruido de la lluvia al chocar frenética contra el suelo. De vez en cuando entreveíamos una luz seguida poco después del cavernoso ruido de un relámpago. Felisa retiró sus manos de mi espalda y con cuidado me hizo a un lado. Se puso de pie para apagar el foco. Fue como desprenderse de una vigilancia obsesiva. Hasta entonces pude decir que descansaba. Habíamos quedado cubiertos por una pudorosa oscuridad que nos hacía más sensibles a nosotros mismos y al exterior. Felisa regresó a la cama iluminada parcialmente por el anuncio en el edificio de enfrente. Se volvió a recostar y nos encontramos de nuevo. Felisa me besó con mucho tiento primero, y después, poco a poco, con ardor. Me lamía la boca y el cuello y mordisqueaba mis hombros irritados. Sus manos reconocían mi verga, reanimándola, eran manos de un hábil tablajero que sabía sacar filo a un cuchillo. Empecé a moverme dejando que sus labios recorrieran mi rostro, me acariciaba el pelo, la espalda, me estrechaba contra ella, sus besos eran una curiosa combinación de ternura y lujuria. La tomé por la cadera y empecé a rozar su pubis, ella subió una pierna sobre mi cintura y se estrechó más, nos mordíamos los labios; los míos ásperos y ardidos como si estuvieran deshidratados. En ese momento pude entrar en ella sin dificultad. La lengua de Felisa exploraba en mi boca como si supiera que tenía una muela de oro y que sólo así podría sacármela. Yo manipulaba sus movimientos igual que si estuviera dándole forma a una enorme plasta. Sus piernas sonaban fofas contra las mías como pies trotando sobre charcos. Se dejó hacer en silencio, mirando al techo con ojos de beata, impasible, como si en lugar de coger estuviera escuchando misa. De pronto contrajo su lengua dentro de mi boca y me pellizcó la espalda, tuvo un orgasmo pausado y tardío que sólo me dejó acabar hasta que ella se hubo relajado completamente.

Salí, rocé su entrepierna y la embarré de semen.

Me di la vuelta y quedé mirando al techo. Ella hizo lo mismo y puso una mano debajo de mi ombligo para acariciar el vello.

Suspiré hondo y todo quedó en un silencio más poderoso que el ruido metálico de la lluvia. Pensé que Felisa estaría dormida, pero no:

—Me gusta quedar a oscuras para distinguir la luz de los truenos —dijo con un tono de voz que para nada sugería lo que habíamos estado haciendo. Era el mismo tono que podía haber empleado para pedir un vaso de agua o dar una opinión sobre el precio de las tortillas.

Truenos. Quise explicarme la razón de un fenómeno como ése, pero hacía mucho tiempo que los libros de física dejaron de interesarme. Durante mis días de escuela en alguna ocasión me eligieron como representante del salón. Por callado y tranquilo. Creían que mi actitud se debía a mi madurez. Era miedo a que me hablaran, a hablar, a ser molestado, temía al asedio. Pensaban que era observador. Cuando un maestro me preguntaba algo referente a la clase, contestaba inmediatamente aunque no supiera de qué me estaba hablando, y así seguía en un monólogo que muchas veces sólo interrumpía el timbre que anunciaba el final de la clase. Antes de eso, todos me escuchaban respetuosos y confundidos, pues terminaba diciendo cosas que nada tenían que ver con la lección. Si el maestro intentaba detenerme, alzaba más la voz, ni yo mismo percibía que casi vociferaba. Me respetaban pensando que yo era una especie de alumno brillante a quien le faltaba orientación. Hablaba para descargar mi temor; al hacerlo evitaba que los maestros insistieran, preferían presas más dóciles. A veces tenía respuestas ingeniosas que bastaban para mantener a raya los rostros cetrinos y rencorosos de mis compañeros; eran más ignorantes que yo y muy dados a burlarse de cualquier idiotez. En aquellos años no trabajaba, la mayoría se empleaba como aprendices de algún oficio, traían dinero y les gustaba organizar escapadas a los balnearios y a las matinés con películas de encueradas. Algunas veces los acompañé, pero jamás me divertía, por razones que nunca comprendí, me molestaban sus bromas, que se pedorrearan en clase, en los cines o en la cara de alguien; conmigo no se metían, antes bien trataban de buena gana de integrarme a sus juegos, pero temerosos, pues siempre tenían la idea de que si me enojaba, los golpearía. Era cierto. Nunca razonaban sobre las ventajas de ser cauteloso, de pasar de largo ante maestros y prefectos para no tener que verles la cara, yo quería terminar el año cuanto antes y sin problemas, y ellos prolongar su estancia en la escuela para evadir el mayor tiempo posible su ingreso a las fábricas. A mi único amigo lo cambiaron de escuela, sus padres querían que siguiera hasta la universidad y pensaban que lo mejor era alejarlo de ese reformatorio disfrazado. Los descansos se nos iban platicando sobre películas que veíamos en la tele o jugando frontón en el muro que daba al baldío donde se enfrentaban a golpes los salones rivales. Yo nunca estaba ni a favor ni en contra de nadie. Teníamos en común la competencia entre ambos. No sé qué era exactamente, pero algo nos mantenía alertas al uno del otro, nos vigilábamos en todas nuestras acciones hasta el momento en que él cambió de escuela. Nos encontramos de nuevo cuando ingresé a la prepa, casualmente nos tocó en la misma, pero luego de un mes yo abandoné los estudios, harto de un aprendizaje sobre responsabilidades que de antemano sabía que me iba a ser inútil en el futuro, de haberlo. No volvimos a vernos sino hasta algunos años después, en otras circunstancias, menos favorables para ambos. Él se dejaba morir bebiendo junto con su esposa en una casita hipotecada por el banco. Yo fui un testigo parcial de lo que sabía ocurriría pronto. Al dejar su casa, tan borracho como ellos, supe que yo tendría que encontrar mis propios motivos para dejarme llevar por la desesperación.

El recuerdo se confunde con la incomodidad que en este momento me produce revivir la actitud benevolente de los profesores, que querían parecer comprensivos y me daban consejos, ellos mismos terminaban contando historias disparatadas en las que se ponían como ejemplo. El maestro Tulio daba la clase de geografía, una vez me esperó fuera de la escuela para aconsejarme y saber más de mí, me mantuve en silencio todo el tiempo, no pudo sacarme un solo dato que enriqueciera su colección de historias sobre alumnos problema. Su necedad me encabronó, comencé a insultarlo y casi lo agarro a golpes, pero me contuve a tiempo porque descubrí que alrededor de nosotros, cerca del camellón donde el maestro trató de esconderse, un grupo de alumnos y señoras nos observaba. El maestro Tulio quiso seguir siendo comprensivo y me dijo que lo que yo había hecho no se sabría en la escuela. "Por mí puede irse a chingar a su madre", le dije, me di media vuelta y me fui a casa. Al otro día llegó al salón como si nada, mientras daba su clase su actitud fue de una marcada tranquilidad, como un cura; me miraba para estar seguro de que no se me escapaba nada. No le quité la vista en lo que duró la clase, creo que llegué a intimidarlo porque jamás me volvió a dirigir la palabra, ni siquiera para preguntarme las lecciones. Pasé su materia sin presentar examen final.

Regresé al cuarto negando con la cabeza y luego contesté despreocupado:

—Yo me conformo con que llueva, me tranquiliza.

—¿Qué? ¡Ah! Ni siquiera sé tu nombre —dijo en su tono habitual.

—¿Es importante que lo sepas?

—¿Por qué no? Todos tenemos uno.

—Edén, Edén Sandoval. Yo ya sé el tuyo.

—Te lo dijo la señora, por eso nunca me presenté.

Después de decir esto se reclinó para buscar los cigarros en el piso. Tomó uno, lo encendió, le dio cuatro largas chupadas y luego lo puso frente a mi pecho al tiempo que soltaba una densa bocanada de humo.

Fumé concentrándome en la brasita y en no permitir que cayera. Cuando terminé con el cigarro me impulsé al frente y en un solo movimiento aventé la colilla fuera de la cama apuntando a la ventana. Fallé. Luego regresé a mi postura anterior, pero ahora utilicé como almohada mi brazo derecho.

—¿No te preocupa que Aníbal esté solo en mi cuarto? —pregunté nada más por decir algo.

—No, se emboba con la tele y se puede pasar horas así.

Después de un momento comenté.

—Es un niño muy raro.

—¿Por qué?

—Casi no habla, está en silencio completamente, como si estuviera hipnotizado, o llora a gritos.

—Así son los niños.

—No todos, ¿por qué no lo metes a una escuela?

—Los mal educan y sale muy caro. No tengo dinero para pagarle los útiles. Además, una vez lo inscribí y a los quince días me lo rechazaron.

—¿Por qué?

—Por lo mismo que dices. O está embobado con algo durante horas o chilla a gritos y nadie lo puede callar más que yo. Una vez se accidentó en la escuela. No sé de dónde sacó unos cerillos y se empezó a quemar los deditos. Pero no lloró, las maestras se dieron cuenta por las ampollas que le salieron. Por eso fue que ya no lo quisieron, me decían que necesitaba escuela especial y que lo tratara un sicólogo.

—¿Y tú qué crees?

—Que no.

—Necesita jugar con más niños.

—Conmigo le basta y le sobra.

Me quedé callado, estábamos a punto de discutir. Tuve que conformarme con sus respuestas. A mí no me interesaba el niño y no estaba dispuesto a solucionar sus problemas. Yo había resuelto uno que me inquietaba desde hacía tiempo: coger. Pero tenía otro: buscar al tipo que me había golpeado por la espalda, ese asunto tarde o temprano tendría que resolverse.

Pensé en voz alta:

—Tengo que encontrarlo.

—¿A quién?

—Al tipo que me golpeó.

Nos quedamos nuevamente sumidos en el silencio. Pero noté cierta inquietud en Felisa. Como si algo le molestara. Me incorporé para buscar mi camisa. Era momento de regresar a mi cuarto y regresarle a su chamaco. Sentado en el catre comencé a vestirme. Felisa posó una mano en mi hombro.

—Edén, yo sé dónde vive el señor que te pegó.

Era como si de nuevo me hubieran abierto la herida. Sofocado y ansioso busqué en la penumbra los ojos de Felisa.

—¿Y por qué no me lo habías dicho? —reclamé.

—Me daba miedo por ti.

—A ti qué te importa lo que me pase. Dime dónde encontrar a ese hijo de la chingada.

Me incorporé de golpe, me puse rápido los pantalones y me acerqué a Felisa dispuesto a sacarle la información así fuera a madrazos, pero no fue necesario.

—Vive a un lado del baldío. A un lado hay un callejón con milpas, él vive al fondo.

Sin decir más salí del cuarto. Llovía a chorros, fui por mi chamarra. Aníbal estaba dormido, su semblante era tranquilo, parecía un intestino grueso recién lavado. El televisor iluminaba la habitación, no se oían más que las voces de un comercial de refrescos. Bajé a toda prisa las escaleras y antes de llegar al último escalón volteé atrás para ver si Felisa me vigilaba. No había nadie. La esquina del anuncio luminoso me invitaba: "Venga..."

Antes de salir de la vecindad miré al cuarto de la anciana. La iluminación del foco le daba un aspecto de vacuidad como si sólo sirviera para ahuyentar vagos. Al fondo descubrí una barreta, fui por ella. Estaba recargada a un costado de la puerta de la anciana. La tomé, dispuesto a utilizarla esa noche, pero de pronto sentí que alguien me observaba, miré a la ventana de la anciana y tras la cortina de gasa me pareció ver una cabellera recogida sosteniéndose en el vacío. Me puse nervioso y aventé la barreta al suelo, hice un ruido agudo y con eco. Nadie se asomó de ningún cuarto, pero estaba seguro de que la anciana se había dado cuenta de todo.

XIII

Nunca como en esta ocasión necesité ser más fuerte. Sentir mis palpitaciones a un ritmo constante y frenético, que mi corazón fuera como una enorme bomba capaz de inyectar chorros de adrenalina en todo mi cuerpo. Necesitaba mantener mis ideas lo más claras posible para llevar a cabo mi tarea. Evitar la dispersión o perderme en la embriaguez del coraje y el desconcierto. Nadie, absolutamente nadie debía ser capaz de hacerme salir de mí mismo, de mi mejor momento como guerrero ansioso de combate. Era mi propio estratega, legionario y comandante de un regimiento armado por mi angustia inaplacable y la necesidad apremiante de descargar mi ira a como diera lugar. La lluvia jamás podría debilitarme o enfriar mis intenciones, sólo era parte de un escenario hostil pero útil para sacar un mejor partido de la situación. Sólo así obtendría un descanso, si no definitivo, por lo menos lo suficientemente reparador como para seguir viviendo. Ni cogerme a Felisa logró tranquilizarme, por el contrario, una sensación de tedio estuvo a punto de invadir mi fortaleza emotiva. Por un momento me sentí sitiado por la voluntad de Felisa, de su mundo indiferente al movimiento y agazapado en la oportunidad de sacar ventaja en cuanto alguien se descuidara. Como si tratara de poseerme, convirtiéndome en su esclavo al cual pudiera ordenar que la golpeara, mimara y se hiciera cargo de ella y de su hijo. Me estuvo estudiando todo este tiempo y yo ni por enterado. Su resignación alimentó mi coraje.

El chubasco apenas lograba refrescarme, la visión se dificultaba y la luz de los postes aparecía a mis ojos como espectros luminosos que, más que guiarme, evitaban que mantuviera un rumbo fijo. Los lodazales atrapaban mis pasos haciéndome sensible a su fondo agrietado y disparejo. Las calles laberínticas eran grutas donde cualquier minero se perdería. A lo lejos, el camino me llevaba a la hondonada y luego la vía del tren se mostraba al acecho, esperando que la recorriera nuevamente sin más luz que el recuerdo de la noche en que salí a caminar y terminé golpeado por la espalda. Viento frío y el ulular de la noche sin más vida debajo de ella que aquel espectro que lentamente se acercaba al lugar donde ajustaría cuentas con una parte de su pasado.

Mis piernas parecían arrastrar grilletes al chapotear en las calles fangosas. Las botas se hundían hasta casi desaparecer en el lodo. De vez en cuando tropezaba con piedras enterradas y flojas, botellas y latas. Mi vista se fijaba en el lodo, pues la tormenta me impedía mirar al frente. Los charcos reflejaban una oscuridad pardusca producto de la iluminación dispareja. La fuerza de los truenos negaba cualquier posibilidad de reparar en cualquier otro sonido, pues el chubasco se había convertido en un tambor marcial que marcaba el ritmo de mi avanzada. Procuraba mantenerme cargado hacia mi izquierda, como una rata que merodea siguiendo las bardas de adobe. Una tras otra, las ventanas y zaguanes hacían de custodios protocolarios y fúnebres. A mis espaldas una cortina acuosa se cerraba impregnándome de una sensación de haber dejado atrás un reino de lodo, vecindades y callejones oscuros e infranqueables para adentrarme en un campo de niebla. En las azoteas los tinacos hacían de torreones que resguardaban, agazapados, gatos, ratas y basura. Recordé que en una de tantas vecindades se escondía en los depósitos de agua un borrachín del que nunca supe quién le permitía dormir debajo de ellos. Algunas noches le daba por gritar y orinarse, la calle quedaba rociada de meados por un desagüe. En más de una ocasión alcanzó a bañar a algún caminante distraído que nunca lograba desquitar su enojo más allá de las mentadas de madre, pues el zaguán de la vecindad estaba cerrado permanentemente. Quienes sabían de las costumbres del borrachín, lejos de advertir a los peatones, aguardaban pacientes, recargados en los postes o muros, fumando, a que alguien fuera bautizado.

Mi obsesión por cobrar desquite del apostador era como un compromiso con mi angustia. Haber estado con Felisa en ningún momento calmó mi energía contenida. Por el contrario, ella y su hijo me inspiraron desdén. Ni aun la revelación que me hizo logró que simpatizara con ella. Tarde o temprano habría descubierto lo que estaba buscando. Fue mejor para ella haber soltado la lengua. Felisa sólo fue un atajo inhóspito y casual que jamás volvería a usar. Su cuerpo desgastado, como una olla de fonda, no me hizo probar algo diferente. Era como un guiso recalentado e insípido. Pasiva, utilizaba lo que tenía a la mano para obtener compañía y mendrugos de pan, y conmigo obtuvo más de lo que esperaba. Lo bueno de ella fue que no trató de apelar a mi compasión. Como algo entendido sin expresárselo, sabía que de mí no sacaría en lo sucesivo más que indiferencia o quizás una chinga, si descubría que había sido ella quien me había robado. Hasta pensé que no sería difícil que conociera más a fondo al apostador y se metiera a la cama con él.

La lluvia amainó y pude mirar al cielo. Estaba encapotado y de un negro azuloso. Las gotas heladas bañaban mi rostro contraído. Mi andar pesado y la humedad de la ropa me dificultaban moverme, me producían escalofríos con el roce de mi cuerpo caliente. Tras la niebla tenía el llano y la vía del tren. Una franja rojiza se distinguía a lo lejos. Alguna vez oí que eso podía ser un indicativo de la proximidad de un temblor. La tierra caliente se reacomodaba. Nunca había puesto atención a ello y no deseaba que la tierra se removiese. Al menos no antes de que culminara mi revancha. Después, podía tragarnos a todos y mandarnos a la chingada.

Aproveché para hacer un alto en el camino. Al igual que la primera vez que caminé por la vía, el descampado brumoso se extendía a ambos lados. El vaho de mi aliento parecía el vapor de un tren. Reinicié mi camino más atento al ruido de la grava removida por mis botas. No tenía ninguna estrategia definida, pero de cualquier forma me iba a salir con la mía. A unos veinte metros del baldío encontré un callejón que se ajustaba a las señas que me dio Felisa. Caminé por él. Al fondo, una cerca de maderas podridas anunciaba el final del camino. Unas milpas todavía resecas se contoneaban con la brisa. Me puse nervioso, estaba muy oscuro y temí ser emboscado. Sin embargo, el silencio era absoluto y no había nada que indicara vida. Llegué hasta la reja y me asomé, en el interior había una construcción de ladrillo de un solo nivel. Era grande, a medio construir y con mucho terreno rodeándola. Había grava, tierra y costales de cemento apilados por todas partes. De las esquinas del techo despuntaban varillas y castillos de concreto que preparaban los cimientos de un segundo piso. De alguna parte me llegaba un fuerte olor a orines. Distinguí un cerco de alambre, dentro había dos casas para perros, supuse que estarían desocupadas, de lo contrario los animales ya hubieran sentido mi presencia. Tiré una piedra, le di al techo de una de aquéllas. Mi suposición fue acertada. Nadie me delataría. Revisé la puerta, estaba cerrada con una cadena pero sin candado. La desenrollé despacio y me introduje casi a tientas, cuidando no arrastrar la puerta. Mi corazón latía con fuerza, busqué un palo para protegerme de un ataque sorpresivo, era posible que los perros estuvieran sueltos merodeando en el terreno. No encontré a la mano más que una piedra de río, grande y pesada, que se amoldaba muy bien a mi mano izquierda. Me asomé por la ventana de la casa, pero unas cortinas de lona como las que hay en los hoteles me impedían ver. Fui a la parte trasera. Había un pirul que tenía enrolladas en el tronco dos gruesas cadenas cuyos extremos terminaban en collares para perros. La tierra estaba floja y escarbada, había platos de lámina, huesos resecos y trozos de llanta. Más al fondo, una barda de adobes parecía separar el terreno del vacío. La oscuridad era impenetrable. Regresé a la parte delantera de la casa y de pronto escuché un ladrido agudo y lejano seguido de gruñidos. Corrí a esconderme detrás del árbol y esperé. Apretaba la piedra con toda mi fuerza. Permanecí un rato al acecho hasta que escuché de nuevo los ladridos. Venían de la misma distancia. Salí de mi escondite y caminé sigiloso hacia la cerca de palos. Me di cuenta de que los gruñidos venían de detrás de las milpas. Antes de salir trotando por el callejón, oriné en la mitad del patio. Después dejé la cerca como la había encontrado. Retomé el paso por la vía del tren, subí por una pequeña pendiente recargado en la barda del baldío. Los ladridos provenían de ahí. Caminé sigiloso hasta la entrada y me asomé cuidando de no descubrirme. Ahí estaba el apostador entrenando un cachorro de bull terrier albino del tipo inglés. Tendría unos seis meses. Lo tenía amarrado a un bordón que clavó casi en el centro del terreno, a la altura de donde se montaba el encierro. Cubría sus antebrazos con una gruesa funda de lona acolchonada, azuzaba al perro para que embistiera. El animal gruñía y rascaba la tierra, indeciso de atacar a quien le daba de comer, hasta que el entrenador le dio varios azotes con un palo que sostenía en su mano libre. El cachorro reaccionó furioso y mordió el señuelo. Su entrenador reculaba, forzándolo a hacer un máximo esfuerzo con sus fauces trabadas en el antebrazo acojinado. Decidí que lo mejor era dejarlos divertirse un rato y que se agotaran, después me presentaría. Mientras, aproveché para quitarme la chamarra y exprimirla. Me sentía en desventaja, eran dos contra uno. Descubrí en uno de los durmientes una varilla de fierro, fui por ella y regresé a mi lugar dispuesto a usarla, sin embargo, estaba tan corroída que apenas probé su consistencia se partió en dos.

El apostador estaba con una rodilla al piso mirando a prudente distancia a su animal, que jadeaba recostado sobre sus cuatro patas. Ambos se veían empapados y con manchas de lodo. Era el momento de anunciarme. Caminé lentamente y cuando crucé por un rayo de luz de un poste el perro me descubrió. Ladraba nervioso y jalaba para zafarse de la cadena. El apostador se puso alerta y volteó. Se incorporó de inmediato. Abrió las piernas en compás y blandió su palo a media altura como un granadero. Seguí caminando, tomé la chamarra por el cuello y a unos dos metros del hijo de puta me detuve.

Puso una cara como si no supiera qué quería. Estaba nervioso, mirando más allá de mis hombros como para comprobar si venía con alguien más. Su perro no dejaba de ladrar.

—Mejor llégale y no te metas en pedos —dijo con un tono de amenaza que lo único que logró fue hacerme más clara su indecisión.

—Antes nos vamos a dar en la madre tú y yo. Suelta el palo.

El apostador chasqueó los dientes y aventó a un lado la protección del antebrazo. Hizo una finta como que buscaba a su perro y trató de sorprenderme tirándome un palazo. Yo estaba atento, di un salto atrás y con la chamarra atajé el golpe. Nos costaba trabajo desplazarnos en el terreno resbaloso, había que dar pasos cortos y diagonales. Lo que más me convenía era la pelea cuerpo a cuerpo, pero para ello necesitaba acortar distancia ayudándome de capotazos con la chamarra. Aproveché un tropezón del culero al tirar un macanazo que me pasó zumbando la nariz y tiré una patada directa a su rodilla. Le di de lleno, pero sin fuerza suficiente como para derribarlo. Mi chamarra se había convertido en un aspa que zumbaba en el aire. En uno de los ataques, un garrotazo se quebró en mi hombro. El pendejo utilizó la parte que le quedó como proyectil y me dio en un brazo. Después se me dejó venir a patadas que atajé con las manos hasta que pude acercarme lo suficiente y tirarle un puñetazo en el hocico. En seguida lo tomé por el pelo y reculé para evitar que me abrazara o me golpeara la espalda. Le di cabezazos en la cara y poco a poco lo fui jalando hacia el fango. Se agarraba con fuerza de mi camisa hasta que la rompió de las mangas. Jadeaba desesperado y de vez en cuando tiraba golpes de manera desordenada. Le di rodillazos en la cara y poco a poco lo sometí. Cuando lo tuve en el suelo, boca arriba, lo tomé por las orejas y le repetí la tanda de topes hasta que ya no opuso resistencia. Me incorporé y le rocié el cuerpo a patadas. Tenía mechones de pelo en mis manos, y mis piernas estaban engarrotadas. Fui por la antebracera y me la puse. Me acerqué al cachorro y se la ofrecí. El animal estaba excitado, me mostraba sus colmillos con las encías rojas y babeantes, listo a atacar en cuanto me tuviera a tiro. Sin duda era un perro que había aprendido bien el entrenamiento. Lástima. Flexioné las rodillas hasta casi hincarme y le ofrecí la carnada. Reaccionó de inmediato. Moví mi brazo para que el perro hiciera un esfuerzo tremendo con el cuello. Al fin pude ponerlo de lomo al piso. Con uno de su cuartos traseros alcanzó a rasguñarme bajo el mentón. Con mi mano suelta lo empecé a ahorcar teniendo cuidado de que mi pulgar se le fuera clavando en la garganta. El animal, furioso, se revolcaba duplicando su fuerza, pero el aire empezó a faltarle. Sin embargo, sentí una presión en el antebrazo que comenzaba a lastimarme. Sus gruñidos eran roncos y entrecortados. Llovía de nuevo. Los truenos iluminaban por momentos el baldío y hacían pesadillesco el rictus del perro agonizante. A lo lejos creí escuchar un cohetón. El vaho de mi aliento se fundía con el del animal, rociando el brazo con el que ahogaba al cachorro. Mi abdomen estaba tenso. De pronto el animal dejó de luchar, sólo sus ojos desorbitados indicaban el esfuerzo derrochado. Sin embargo, sus mandíbulas estaban trabadas en mi antebrazo. Me incorporé y arrastrando al cachorro fui hasta donde el palo para usarlo como palanca para destrabar las mandíbulas. Después de un breve forcejeo el cadáver cayó como fardo al lodo. Lo arrastré de la cola hasta donde yacía su dueño, a quien alcé por la cabellera y le enrollé el cuello al otro extremo de la cadena.

Los miré por última vez. El perro había sido más digno rival que su amo: atacó con el miedo del que reconoce la cercanía de la muerte. El apostador, en cambio, se creyó mejor que yo y minimizó la decisión a la que el fanático acude cuando quiere lograr su objetivo.

Caminé por las vías del tren, chapoteando adrede. Iba como un autómata, con la chamarra rasgada arrastrando de mi mano, insensible a las heridas en los nudillos y hombros. El dolor en el pecho, los riñones y la espalda no me importaba. Sentía ardor en el cuello y en los pómulos, pero los tenté y no tenía sangre. Era lo mismo en mi brazo. La lluvia paró de pronto. El cielo comenzó a abrirse formando en las nubes una barba enorme y bien peinada. La interminable vía del tren quedó tamizada por un pálido espectro de luz estelar. Yo iba completamente agotado, con el pecho casi en paralelo a las vías, débil y sin mirar otra cosa que no fueran los durmientes. Parecía conducido de regreso a la vecindad por un vagón que transportaba ajusticiados.

XIV

A dos cuadras de la vecindad el sonido de una sirena me alertó. Una ambulancia seguida de varias patrullas se había detenido en la entrada. Instintivamente me revisé el cuerpo y la ropa. Estaba lleno de lodo, sangre y rasgaduras. Sentí temor. Supuse que alguien había chismeado a la policía, pero era demasiado pronto para que hubieran descubierto los cuerpos en el llano. Nadie me había visto ir al baldío. En todo caso, la ambulancia sería para recoger al apostador y no a mí. Pensé en Aníbal. Mucha gente se apretujaba en el zaguán y mucha más salía de sus casas atraída por el escándalo. Aproveché para internarme en otra vecindad sin que nadie lo notara. Caminé por un pasillo oscuro y húmedo que tenía al fondo unos lavaderos. Oriné en uno de ellos. A un lado tenía escalones en descenso. No había luz. Me venció la curiosidad y bajé por ellos. Eran muchos, no se cuántos, pero de pronto sentí que podía bajar por horas sin llegar a ningún punto. Al fin llegué hasta el fondo. Estaba en penumbras y con el suelo encharcado. Miré a ambos lados, inseguro, extendiendo los brazos para buscar una pared, temeroso de tener que vérmelas con ratas. Hacia arriba apenas distinguía un poco de luz. Toqué un muro y avancé recargado en él. Me sentía ahogado, el aire escaso y denso olía mal, como a gas butano, a algo que se pudría. Llegué al final de la pared y di la vuelta, se veía una luz que venía del suelo. Me acerqué con un poco más de confianza. Era un cuarto sin ventanas, con muebles de lámina y mucha basura en los rincones apilada en bolsas. Tras de mí se escuchaba el paso de las ratas, un ropero dividía el cubo. Oí jadeos y el rechinido de un catre. En vez de regresar, fui hasta ahí. De costado, un hombre gordo, con los pantalones hasta las rodillas, me daba la espalda. Se estaba puñeteando, en el suelo tenía regadas botellas de cerveza y unas estopas. Apestaba a pies y a mierda. Me regresé de prisa, ya seguro del camino a seguir.

—¡OJETES, CABRONES, DÉJENME EN PAZ!

Casi me cago del susto. El tipo me había sentido, pero no supo quién era. Subí los escalones de dos en dos.

Rápidamente me quité la camisa y la hice tiras, después la eché en un enorme tambo de basura que encontré en un rincón. Sumergí la chamarra en la pileta y la enjuagué hasta que, según yo, desaparecieron el lodo y la sangre. Tallé el pantalón con una escobeta hasta que me ardieron las piernas. Exprimí la chamarra y me la puse, cerrándola hasta el cuello. El frío me arañó la espalda como zarpas. Salí de la vecindad cuidando de no ser visto por nadie. La gente comentaba no sé qué tantas idioteces refugiada en los portales de sus casas, apelotonados en el zaguán de la vecindad donde yo vivía o alrededor de la ambulancia. Estaban listos para condenar. No se podía pasar al interior. Me colé con dificultad, y cuando traspasé el umbral vi a dos policías custodiando la casa de la anciana mientras escuchaban la declaración de un vecino.

—¿Qué pasó? —pregunté a un señor que sostenía un cigarro en la boca.

—Mataron a la viejita. Se metieron a su casa y la ahorcaron. Dicen que le quitaron un chingo de dinero.

Tenía frío. Se abrazaba a sí mismo frotándose los brazos. Traía puesta una gruesa chamarra de lana. Exhalaba espesas bocanadas de humo y mantenía un ojo cerrado a causa del cigarro.

—Quién sabe quién fue, yo no oí nada, un vecino que ya se iba a trabajar se dio cuenta al ver la puerta abierta y las luces apagadas. Iba a aprovechar para darle lo de la renta cuando descubrió a la vieja tirada en el suelo con una media enrollada al cuello. Dice que hasta orinada estaba la pobre.

Me miró revisándome de arriba a abajo, parecía reconocerme pero sin saber de dónde. Se frotó la calva y luego tiró el cigarro a un charco. Pocas veces nos habíamos visto y nunca nos habíamos saludado. El resto de los vecinos no perdía detalle desde sus ventanas, dos señoras lloraban abrazadas y sosteniendo en sus manos gordas unos rosarios. En chanclas y camiseta, sin hacer caso del frío y parados en una esquina del patio, un grupo de hombres se esforzaba por escuchar el interrogatorio que los dos policías y un judicial que llegó después tomaban del testigo. Otro uniformado se veía en problemas para contener a la gente que empujaba desde fuera del zaguán. Se escucharon a lo lejos más sirenas. Las patrullas llegaban una tras otra. Al fin el vecindario cobraba vida. Más tranquilo por lo equivocado de mis sospechas, me fui a mi cuarto. Hasta entonces noté que Felisa no estaba en el borlote. Fui a verla, ella de seguro tendría una buena versión, estaría contenta con la muerte de la casera. Su cuarto estaba abierto y vacío, sólo quedaba el camastro y una caja con trebejos. Sentí que la sangre estaba a punto de hacerme estallar el cráneo. Regresé rápidamente al patio a mirar con más atención. Dos camilleros transportaban el bulto hacia la ambulancia. Iban seguidos de un cortejo de vecinos que parecían más preocupados porque los reconocieran. Los noticieros tenía otras cosas que atender. En la entrada de la casa había una reunión entre uniformados y judiciales, éstos tomaban notas. Uno de los agentes empezó a tocar en los cuartos para solicitar los nombres de cada uno de los inquilinos, apuntaba en su agenda y les advertía que había que presentarse en la delegación. Algunos inquilinos lo tomaron con agrado.

Me subí de nuevo. El pulso me temblaba. Me desvestí y guardé la chamarra en una bolsa de plástico. Entonces me di cuenta de que faltaba el televisor. No me hizo falta quebrarme mucho la cabeza para saber quién se lo había llevado. Me tiré en la cama, exhausto. Un rato después tocaron a la puerta. Abrí.

—Vístete, cabrón. Quedas detenido.

XV

El resto de esa noche y cinco más las pasé dentro de un infierno de cuatro por cuatro metros donde tuve que decir hasta de lo que me iba a morir.

La tira no pudo comprobarme nada. Estuve en terapia intensiva y a pesar del trato que recibí no pudieron hacer que confesara algo que no había hecho y que hasta ese momento no sabía quién podía haber sido (aunque lo sospechara). Nunca se enteraron de lo del apostador, lo que me hizo pensar que se recuperó y que no hizo mayor pedo. Dije donde trabajé, lo que hacía y un resto más de incoherencias producto del dolor de los golpes, mi terror y la certeza de los agentes de que yo no había matado a la casera. Lo único que querían era entrenar un poco conmigo para mantenerse en forma y sacarme dinero. Un abogado de oficio me ayudó a salir. Lo hizo en poco tiempo apoyado en esa ley que dice que nadie debe permanecer encerrado si no se le ha comprobado que tiene dinero para salir algún día. Eso sí, me utilizaron para que un fotógrafo de nota roja tomara unas placas y apareciera luego como un peligroso asaltante. Supe que andaban sobre Felisa porque casi todo el interrogatorio se basó en sacarme a como diera lugar el sitio a donde ésta se había pelado. Los mandé a Guanajuato, Europa, China y, cuando salí, a chingar a su madre. Con un tratamiento de ésos se puede decir que nuestra madre huyó a la luna. Incluso les mencioné que Felisa me había robado mi televisor. Después me arrepentí de haberlo hecho porque fue cuando encontraron el pretexto para que yo apareciera como modelo para una foto de ratero. Felisa no sólo mató a la anciana. Le bailó cincuenta mil pesos que la vieja guardaba a piedra y lodo en una caja. Hizo bien, era muy poco dinero para cometer un crimen, pero la desesperación no tiene tarifa.

Una vez fuera de la jaula opté por largarme de inmediato de la vecindad. Las autoridades la pusieron a resguardo en lo que se decidía la situación de los inquilinos. Se formó una asociación de colonos, con pancartas y todo. De cualquier forma, yo no me iba a arriesgar a quedar a tiro para una venganza del perrero y su flota. Ahora sólo tengo mi chamarra, una caja de libros y un periódico con los anuncios de empleos. No guardo malos recuerdos de la vecindad y menos de Felisa o de la anciana. Una está prófuga y la otra le está haciendo compañía a los dos perros que me chingué. Ahora tengo un trabajo de empaquetador y una nueva habitación en un hotel.

De vez en cuando medito sobre la importancia que tiene elegir bien el lugar donde uno se mete.

Yo, sentado en la cama, en la misma posición que tomaba en mi cuarto de azotea cuando me disponía a dormir. Sólo que mis ojos miran hacia un rincón del techo, donde se sostiene la tele sobre una repisa. Hay telarañas y cuarteaduras detrás. Ruidos en el pasillo y en las habitaciones cercanas que se convierten en ecos de voces. Tengo la ligera sospecha de que me encontraré algún día con Felisa. Dicen que el ladrón camina en círculos. Por ahora mis pensamientos van en zigzag, dejaré de quebrarme la cabeza con suposiciones. He prendido la tele, tengo suerte, está comenzando una película.

ÍNDICE

I 9
II 19
III 27
IV 33
V 39
VI 45
VII 51
VIII 55
IX 69
X 81
XI 91
XII 95
XIII 115
XIV 125
XV 131

Cuartos para gente sola
se imprimió en los talleres de
Litográfica Ingramex, S.A. de C.V.
Centeno núm. 162
Colonia Granjas Esmeralda
México, D.F.

Impreso y hecho en México
Printed and made in Mexico

CALIDAD ISO 9000 CERTIFICADA
Certificado No. 02-2082